KB127710

누구나 쉽게 이해하고 실천할 수 있는

Dr. LEE의
논리적 글쓰기

누구나 쉽게 이해하고 실천할 수 있는

Dr. LEE의
논리적 글쓰기

초판 1쇄 발행 2021년 7월 20일
초판 2쇄 발행 2023년 1월 25일

지은이 이상혁
교 정 설혜원
발행인 권윤삼
발행처 (주)연암사

등록번호 제2002-000484호
주 소 서울시 마포구 월드컵로165-4
전 화 02-3142-7594
팩 스 02-3142-9784

ISBN 979-11-5558-097-4 13800

값은 뒤표지에 있습니다. 잘못된 책은 바꿔드립니다.

이 책의 모든 법적 권리는 저자와 (주)연암사에 있습니다.
저작권법에 의해 보호받는 저작물이므로
저자와 본사의 허락 없이 무단 전재, 복제, 전자출판 등을 금합니다.

연암사의 책은 독자가 만듭니다. 독자 여러분들의 소중한 의견을 기다립니다.
트위터 @yeonamsa
이메일 yeonamsa@gmail.com

누구나
쉽게 이해하고
실천할 수 있는

Dr. LEE의
논리적
글쓰기

이상혁 지음

연암사

사랑하는 딸 지수와 아내 혜원에게
이 책을 바칩니다.

Dedicated to
My Lovely Daughter Jisoo & Wife Hewon

" 논리적 글쓰기란

논쟁의 대상인 이슈에 대한 자신의 비판적 의견

즉, 논지를 논리라는 틀에 집어넣어

글이라는 형식으로 표현함으로써,

독자로 하여금 자신의 논지에 동의하도록 만드는 것이다. "

우리는 일상에서 글을 써야 하는 상황과 늘 마주한다. 연인의 마음을 얻기 위한 장문의 카톡, 좋은 점수를 받기 위한 주관식 답안, 대학입시를 위한 논술시험, 입학사정관의 눈에 띄기 위한 자기소개서, 채용담당자에게 선택되기 위한 입사지원서, 책임을 줄이기 위한 사유서·탄원서, 투자 유치를 위한 사업계획서, 학위 취득을 위한 논문 등등. 그런데 누군가를 설득해야 하는 '논리적 글쓰기'를 할 때면, 왜 항상 불편한 마음이 들까? 아마도 대부분의 한국 사람들이 논리적 글쓰기에 대해 체계적으로 배워볼 기회를 한번도 갖지 못했기 때문일 것이다. 이에 누구나 쉽게 이해하고 실천할 수 있는 '논리적 글쓰기'의 체계적 방법론을 일반 대중의 눈높이에 맞추어 '보다 쉽게' 그러나 '정확하게' 설명하고자 한다.

우선, "뒷담화, 언어, 그리고 사회적 협력"이라는 글을 통해 현생 인류인 호모 사피엔스에게 '언어'의 역사적 의미가 무엇인지 간단히 살펴보겠다. 제1장에서는 "논리! 설득의 핵심", "추상적 '생각'과 구체적 '표현'", "영어능력의 발전단계", "주관적 '의견'과 객관적 '사실'", "논리능력의 3가지 측면" 등 논리적 글쓰기에 필요한 기초 개념을 설명하겠다. 제2장에서는 "이해하기", "브레인스토밍하기", "개요짜기", "글쓰기", "검토하기"라는 논리적 글쓰기의 5단계가 어떻게 진행되는지 알아보겠다. 특히, 1970년 뉴욕타임즈에 기고된 "기업의 사회적 책임은 기업의 이윤확대이다."라는 밀턴 프리드먼 교수의 글을 '이슈'로 활용하여, 이에 대한 '논지Thesis'를 '논리Logic'라는 틀에 담는 '논리적 글쓰기'를 직접 해보겠다.

다음으로, 앞서 완성된 글을 구체적 예시로 활용하여 논리적 글쓰기에 대한 본격적인 분석 작업을 진행하겠다. 이에, 제3장에서는 "5-문단 에세이", "제목과 연결어", "서론", "본론", "결론"을 중심으로 논리적 글쓰기에 필요한 '형식'을 분석하겠다. 이에 더해, 제4장에서는 "논리적 흐름", "연관성 평가", "논증성 평가", "균형성 평가", "'더와 덜'의 게임"을 중심으로 논리적 글쓰기의 '본질'이 무엇인지 구체적으로 분석하겠다. 특히, 자신의 '논지'를 '논리'라는 틀에 집어넣는 도구인 3가지 평가에 주목해야 한다. 이후, 제5장에서는 "주관성", "일관성", "정확성", "독창성", "간결성"과 관련한 5가지 질문을 통해, 어떻게 하면 자신이 쓴 글을 '올바른 방향'으로 좀더 개선할 수 있는지 설명하겠다.

제6장에서는 "무격, 격, 그리고 파격", "면접", "단락을 활용

한 논리적 글쓰기", "논문쓰기", "책쓰기"를 통해 지금껏 설명한 논리적 글쓰기의 기본 틀과 형식을 어떻게 응용할 수 있는지 살펴보겠다. 특히, 논문쓰기와 책쓰기의 경우 필자의 졸저를 구체적 예시로 활용하여 상세하게 설명하겠다. 제7장에서는 "개념정의", "논쟁(충돌하는 의견)", "(각 의견의) 근거", "나의 의견", "나의 근거"를 중심으로 논리적 글쓰기 능력을 본질적으로 향상시키는데 필요한 논증 훈련의 5단계가 무엇인지 구체적 예시를 들어 설명하겠다. 끝으로, "논증과 논리적 오류"라는 글을 통해 논리적 글쓰기의 본질에 비추어 '올바른 방향'으로 한걸음이라도 더 나아가기 위해 필요한 향후 학습 방향을 권고하겠다.

요컨대, '논리적 글쓰기'란 논쟁의 대상인 '이슈'에 대한 자신의 비판적 의견 즉, '논지'를 '논리'라는 틀에 집어넣어 '글'이라는 형식으로 표현함으로써, 독자로 하여금 자신의 논지에 '동의'하도록 만드는 것이다. 언어능력의 발전단계라는 측면에서 보자면, 논리란 문단과 단락을 조합하는 규칙이다. 심지어 모국어의 경우에도 자연스러운 언어습득이 아니라 인위적인 언어학습을 통해서만 문단과 단락 차원의 의사소통이 가능해진다. 결국, 필자가 제안하는 누구나 쉽게 이해하고 실천할 수 있는 '논리적 글쓰기'의 체계적 방법론은 다음과 같다. 먼저 정확한 '이해'와 끈질긴 '연습'을 통해 이 책에 제시된 논리적 글쓰기의 '격식格式'을 충분히 익혀라. 그리고 오직 본질에만 충실하되, '파격破格'하여 자유롭게 쓰라.

7 Liberal Arts

Trivium   *Quadrivium*

Grammar
        Logic   Arithmetic   Astronomy
                                    Music
    Rhetoric   Geometry

이 책은 '자유의 확산'이라는 목표를 위해 필자가 설립한 연구 공간 자유의 두 번째 연구결과물이다. 과연 '논리적 글쓰기'와 '자유'가 무슨 관련이 있는 것일까? 지난 수천 년 동안 서양 사회에서는 이상적 인간을 양성하기 위한 7가지 기본과목 즉, '인간을 (모든 속박과 억압으로부터) 자유롭게 해주는 7가지 기술'을 가르쳤다. 그 중 가장 기초가 되는 3가지 과목Trivium이 문법Grammar, 논리Logic, 수사학Rhetoric이다. 누구나 쉽게 이해하고 실천할 수 있는 '논리적 글쓰기'의 이론적 토대가 바로 이 3가지 과목이다. 독자 여러분 모두가 이 책을 통해 얻게 될 훌륭한 '논리적 글쓰기' 능력을 기반으로 '보다 나은 세상'을 만드는데 조금이라도 기여하는 21세기의 진정한 자유인이 될 수 있길 진심으로 기원한다.

2021년 6월 연구공간 자유에서

(www.TheInstituteForLiberty.com)

이 상 혁

뒷담화, 언어,
그리고 사회적 협력

———

    인간이 다른 동물과 구별되는 가장 중요한 특징 중 하나는 언어를 사용한다는 것이다. 이에 '언어를 사용하는 유일한 동물' 혹은 '유일한 말하는 동물'이라는 인간의 특징을 반영하여 '호모 로퀜스' 즉, '언어적 인간'이라는 표현이 등장했다.[1] 언어의 사전적 의미는 "말 또는 글의 방식으로 이루어지는 인간의 의사소통 수단"이다.[2] 물론 동물도 의사소통을 한다. 예컨대, 개는 큰소리로 짖고, 벌은 떼지어 춤을 추고, 원숭이는 서로의 털을 만지며, 개미는 페로몬을 분비함으로써 서로 간에 의사소통을 한다.[3] 특히 군집 생활을 하는 동물에게는 그들만의 독특한 의사소통이 분명히 발견된다. 그럼

———

1. See Dennis Fry, *Homo Loquens: Man as a Talking Animal*, 1st Edition (Cambridge, England: Cambridge University Press, 1977).

2. The term 'Language' refers to "the method of human communication, either spoken or written". Cambridge Dictionary.

3. "Animal Communication", Khan Academy, https://www.khanacademy.org/science/biology/behavioral-biology/animal-behavior/a/animal-communication, accessed June 2021.

에도 불구하고 동물의 단순한 의사소통과 인간의 언어가 본질적으로 다르다는 점을 부정할 수는 없다.

히브리대학교의 역사학자이자 철학자인 유발 하라리 교수는 2015년에 발표한 세계적 베스트셀러『사피엔스』라는 책으로 인해 일약 세계적 석학의 반열에 올랐다. 이 책에 언어와 관련한 다음과 같은 흥미로운 대목이 나온다. 유발 하라리는 "인간의 언어가 Gossiping 즉, '뒷담화'[4]의 수단으로 진화했다."[5]라고 주장한다. 사실 이러한 주장은 소위 '던바의 법칙'[6]으로 유명한 옥스퍼드대학교의 로빈 던바 교수가 1996년에 발표한『그루밍, 뒷담화, 그리고 언어의 진화』라는 책에서 이미 제기된 바 있다. 문화인류학자이자 진화심리학자인 로빈 던바는 사회적 그루밍으로부터 인간의 언어가 진화했으며, 그러한 언어 진화의 한 단계가 인간의 뒷담화라고 설명했다.[7]

뒷담화가 인간의 언어를 진화시켰다는 로빈 던바의 주장에서 한걸음 더 나아가, 유발 하라리는 언어의 진화 때문에 비로소 인간

---

4. Gossiping이라는 단어는 '소문내기', '험담하기', '남의 얘기 좋아하기' 등 다양하게 번역될 수 있으나, 이 책에서는 편의상 '뒷담화'라고 표현하겠다.

5. Yuval Noah Harari, *Sapiens: A Brief History of Humankind* (New York, NY: Harper Collins, 2015), pp. 438-442.

6. '던바의 법칙'(Dunbar's Number)이란 진정한 사회적 관계라 할 수 있는 인맥의 최대치는 150명에 불과하다는 주장이다. See Maria Konnikova, "The Limits of Friendship", *The New Yorker* (October 7, 2014), https://www.newyorker.com/science/maria-konnikova/social-media-affect-math-dunbar-number-friendships, accessed June 2021.

7. See Robin Dunbar, *Grooming, Gossip and the Evolution of Language* (Cambridge, MA: Harvard University Press, 1996).

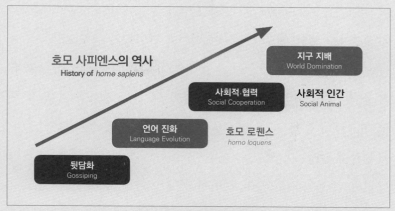

호모 사피엔스의 역사
History of *home sapiens*

지구 지배
World Domination

사회적 협력
Social Cooperation

사회적 인간
Social Animal

언어 진화
Language Evolution

호모 로퀜스
homo loquens

뒷담화
Gossiping

[도표-01. 호모 사피엔스의 역사]

의 '사회적 협력'이 가능해졌다고 주장한다. 즉, 현생 인류인 호모 사피엔스가 사회적 협력을 실천하는 '사회적 동물'이 될 수 있었던 근본적인 원인이 언어라는 것이다. 언어를 통해 전달되고 공유된 생각, 감정, 정보 등을 기반으로 더 큰 사회적 협력을 실현한 호모 사피엔스가 결국 다른 모든 경쟁자들을 물리치고 '지구의 지배자' 혹은 '지구의 주인'이 될 수 있었다는 설명이다. 요컨대, [도표-01]과 같이, '뒷담화 → 언어 진화 → 사회적 협력 → 지구 지배'라는 일련의 현상이 오늘날 인류의 역사 즉, 호모 사피엔스의 역사에 벌어졌다는 것이다.[8]

우선, "임금님 귀는 당나귀 귀"라는 신라 제48대 경문왕에 대

---

8. Yuval Noah Harari, "Why Humans Run the World", TED (Nov. 9, 2017), https://www.youtube.com/watch?v=LLucUmQVBAE, accessed June 2021.

한 이야기가 『삼국유사』에 그리고 이와 유사한 미다스왕[9]의 이야기가 『그리스 신화』에도 있는 것을 보면, 뒷담화가 동서고금을 막론한 인간의 공통된 특징임을 알 수 있다. '지구 지배'라는 거창한 담론은 제외하고서라도, 최소한 '뒷담화 → 언어 진화 → 사회적 협력'이라는 주장의 진위 여부는 쉽게 검증할 수 있다. 어린 시절 친구들과 무리지어 선생님, 연예인, 친구 등에 대한 뒷담화로 웃고 떠들면서 '우정'이라는 사회적 협력·연대를 형성했던 경험을 생각해 보라. 퇴근 후 직장 동료들과 함께 술집·식당에 모여 앉아 상사에 대한 이런저런 뒷담화로 깔깔대고 즐거워하며 '동료의식'이라는 사회적 협력·연대를 형성했던 경험을 생각해 보라.

결론적으로, 뒷담화라는 인간만의 고유한 특징으로 인해, 동물의 의사소통과는 전혀 다른 언어라는 독특한 의사소통 수단을 오로지 인간만이 소유하게 되었다. 이에 현생 인류인 호모 사피엔스는 호모 로퀜스 즉, 언어적 인간이 되었다. 인간의 언어는 타인과의 사회적 협력을 가능하게 했고, 이로써 사회적 동물인 인간은 더 큰 권력을 가지게 되었다. 오늘날 인간이 누리는 것들의 상당 부분이 언어능력 때문에 가능한 것이다. 앞서 언급한 바와 같이 언어는 말하기와 글쓰기의 방식으로 이루어지는데, 이 책의 주제는 '논리적 글쓰기'이다. 다만, 말하기와 달리 글쓰기는 단순한 뒷담화를 넘어

---

9. "King Midas: The Donkey Ears", *Greek Myths*, http://greece.mrdonn.org/greekgods/kingmidas2.html, accessed June 2021.

일정 수준의 정확한 '이해'와 끈질긴 '연습'을 통해서만 향상될 수 있음을 명심해야 한다.

목차
Table of Contents

제1장

논리적
글쓰기의 기초

1.1. 논리! 설득의 핵심

인간은 언어라는 수단을 통해 생각, 감정 혹은 정보를 다른 사람에게 전달하고 공유한다. 더 높은 수준의 언어능력을 가진 사람일수록 더 큰 사회적 협력과 연대를 이끌어 내고, 그로 인해 더 큰 영향력을 가지게 된다. 지난 역사를 뒤돌아보면, 소수의 '똑똑한' 사람들이 자신들이 원하는 대로 혹은 자신들에게 이익이 되는 방향으로 사회적 협력과 연대를 조직함으로써 자신들의 사회적 지위와 권력을 유지한 사례가 많다. 이러한 인간의 언어 활동이 설득이다. 한자어 '말씀 설說'과 '얻을 득得'을 어원으로 하는 한국어 '설득'의 사전적 의미는 "상대편이 이쪽 편의 이야기를 따르도록 여러 가지로 깨우쳐 말함"[10]이다. 좀더 한자어의 뜻을 살려서 풀이하면, '말로써 (원하는 것을) 얻는 것'이다.

---

10. 국립국어원 표준국어대사전.

신라 육두품 출신의 유학생으로서 당나라 빈공과賓貢科에 장원 급제했던 최치원崔致遠이 881년에 지은 〈토황소격문討黃巢檄文〉이 설득의 역사적 사례 중 하나이다. 당나라 말기 875년 황소黃巢를 중심으로 농민반란이 일어나 10년 간 지속되었다. 반란 토벌의 책임을 맡은 절도사 고병高騈의 종사관 최치원이 황소를 꾸짖는 격문檄文[11]을 썼는데, 이것이 『계원필경桂苑筆耕』에 〈격황소서檄黃巢書〉라는 제목으로 기록되어 있다. 황소가 이것을 읽다가 놀라 침상에서 떨어졌다는 설이 있지만, 이는 과장된 이야기로 평가된다. 결국 최치원의 격문은 황소를 설득하는 데 실패했다. 그러나 뛰어난 글솜씨 덕분에, 최치원은 자신의 이름을 당나라 전역에 날렸고 이후 신라로 귀국해 벼슬을 얻는 토대를 마련할 수 있었다.

그렇다면 9세기 중국을 배경으로 활동했던 최치원의 설득 방법 즉, 〈토황소격문〉의 글쓰기 형식을 21세기 세계화 시대를 살아가는 우리가 활용해도 괜찮을까? 전혀 아니다. 비록 '내용' 혹은 '생각'이라는 측면에서는 일부 의미가 있지만, '형식' 혹은 '표현'이라는 측면에서는 전혀 활용할 수 없다.[12] 왜냐하면 오늘날 '세계적 표준 Global Standard'으로 받아들여지는 설득 특히, '논리적 글쓰기'는 서구 사회에서 오랜 세월을 거쳐 형성된 형식을 따르기 때문이다. 결

---

11. 격문이란 "비상사태에 관하여 널리 세상 사람들을 선동하거나 의분을 고취하려고 쓴 글"을 일컫는다. "격문", 두산백과, https://terms.naver.com/entry.nhn?docId=1174690&cid=40942&categoryId=33495, accessed June 2021.

12. 자세한 내용은 "1.2. 추상적 '생각'과 구체적 '표현'" 참고.

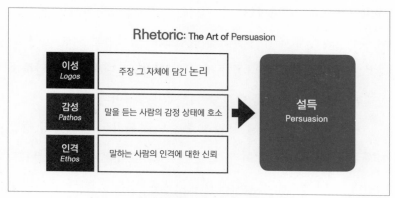

[도표-02. 아리스토텔레스의 수사학: 설득의 3가지 방법]

국, 사용하는 언어에 관계없이 글쓰기의 형식Format은 원칙적으로 동일하다. 예컨대, 설득의 대표적인 사례인 '논문Thesis, Dissertation, Paper'의 경우, 영어로 쓰든 한국어로 쓰든 상관없이 원칙적으로 동일한 글쓰기 형식을 따른다.

한편, '설득'에 대응하는 영어 'Persuasion'의 의미는 무엇일까? Persuasion의 동사인 'Persuade'는 "특별히 왜 그렇게 해야 하는지를 설명함으로써, 누군가에게 무엇인가를 하도록 또는 믿도록 하기" 혹은 "논증을 통해 누군가에게 무엇인가를 하도록 하기"라고 정의된다.[13] 한국어 '설득'의 정의와 달리, '왜Why?'라는 이유 설명 혹은 '논증Reasoning'이라는 보다 구체적인 방법론이 포함되어 있다. 논증이란 문자 그대로 '논리적으로 증명하기' 즉, '이성Reason

---

13. The term 'persuade' refers to "to cause people to do or believe something, esp. by explaining why they should" or "to cause someone to do something through reasoning". (Underline added) Cambridge Dictionary and English Oxford Living Dictionaries.

사용하기' 혹은 '왜냐하면 ……이라는 이유Reason 말하기'라는 말로서, "무엇인가에 대해 논리적인 방법으로 생각하는 행동"을 뜻한다.[14] 결국 논리적 증명을 통해 자신의 생각을 상대방에게 전달해서 상대방의 생각과 행동을 변화시키는 것이 설득이다.

결론적으로, 오늘날 세계적 표준으로 활용되는 설득의 출발이자 핵심이 논리Logic[15]이다. 물론 논리가 설득의 전부는 아니다. 예컨대, 고대 그리스의 철학자 아리스토텔레스는 『수사학』[16]이라는 책을 통해, 설득을 위한 기술적 방법 3가지를 [도표-02]와 같이 제시했다. 첫째, '이성' 즉, '주장 그 자체에 담긴 논리'로 설득하는 방법이다. 둘째, '감성' 즉, '말을 듣는 사람의 감정 상태에 호소'함으로써 설득하는 방법이다. 셋째, '인격' 즉, '말하는 사람의 인격에 대한 신뢰'를 기반으로 설득하는 방법이다. 다만, 글쓰기에 있어서 가장 중요한 설득의 방법이 독자의 이성에 호소하는 논리임은 결코 부인할 수 없다. 따라서 '글쓰기'와 '논리'에 초점을 두어, 이 책의 제목을 『Dr. LEE의 논리적 글쓰기』로 정했다.

---

14. The term 'reasoning' refers to "the action of thinking about something in a logical way". English Oxford Living Dictionaries.

15. 이 책이 '논리' 혹은 '논리학'의 전반을 다루지는 않는다. 오로지 '논리적 글쓰기'에 필요한 논리의 개념만을 설명함으로써, '누구나 쉽게 이해하고 실천할 수 있는 논리적 글쓰기의 체계적 방법을 일반 대중의 눈높이에 맞추어 보다 쉽게 그러나 정확하게 설명한다.'라는 이 책의 목적에 충실하고자 한다.

16. Aristotle, *Rhetoric* (350 B.C.E), translated by W. Rhys Roberts, http://classics.mit.edu/Aristotle/rhetoric.html, accessed June 2021.

1.2. 추상적 '생각'과 구체적 '표현'

　　논리적 글쓰기를 잘하기 위해서는 가장 먼저 추상적 '생각'과 구체적 '표현'을 분명하게 구별할 수 있어야 한다. "제2장 논리적 글쓰기의 5단계"에서 자세히 설명하겠지만, (1) 이해하기, (2) 브레인스토밍하기, (3) 개요짜기의 경우 반드시 추상적 '생각'으로 그리고 (4) 글쓰기와 (5) 검토하기는 반드시 구체적 '표현'으로 각각 구별해서 작업해야만 논리적 글쓰기를 올바르게 할 수 있다. "나는 생각한다. 그러므로 나는 존재한다."라는 프랑스의 철학자 데카르트의 말처럼,[17] 생각은 인간 존재의 본질이다. 프랑스의 조각가 로뎅의 작품 〈생각하는 사람〉을 통해 잘 드러난 것처럼,[18] 인간은 늘

---

17. 원래 정확한 표현은 "*dubito, ergo cogito, ergo sum*" (I doubt. Therefore, I think. Therefore, I am.) 즉, '나는 의심한다. 그러므로 나는 생각한다. 그러므로 나는 존재한다.'이다. See Rene Descartes, *Principles of Philosophy*, originally published in Latin in 1644 & translated into English by John Veitch (SMK Books, 2018).

18. See Auguste Rodin, "The Thinker" (1902), Musee Rodin, http://www.musee-rodin.fr/en/collections/sculptures/thinker, accessed June 2021.

생각하는 존재이다. 심지어 인간이 하루 평균 약 70,000가지 이상의 생각을 한다는 뇌과학자들의 주장도 있다.[19]

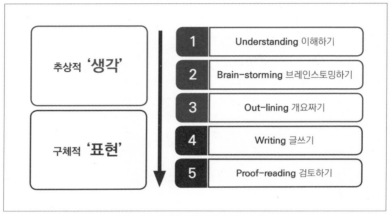

[도표-03. 추상적 '생각'과 구체적 '표현']

인간은 머릿속에 떠오르는 수많은 추상적 '생각Idea' 중 지극히 일부만을 언어라는 구체적 '표현Expression'의 형식으로 외부에 드러낸다. [도표-04]와 같이, 언어능력의 발전단계라는 측면에서 구체적 '표현'의 형식은 단어, 구, 문장, 문단, 단락이라는 5단계로 구분된다. 예컨대, 아침 밥을 굶고 학교에 갔던 아이가 점심 때쯤 집으로 돌아왔다고 가정해 보자. 아마도 이 아이의 머릿속에 무엇인가 불편하고 무엇인가 바라는 추상적 '생각'이 계속해서 떠오를 것이다. 그 생각을 ㅜㅜ, :(, :-(, :-〈 , 😣 등의 기호로 표현해 볼 수

19. The Neurocritic, "What Is Thought?" (June 30, 2017), http://neurocritic.blogspot.com/2017/06/what-is-thought.html, accessed June 2021.

도 있다. 만약 이 아이가 아직 옹알이밖에 못하는 갓난아기라면 자신의 추상적 '생각'을 언어라는 틀에 집어넣지 못한 채 그저 칭얼대며 울음을 터트리는 방법으로 표현할 것이다.

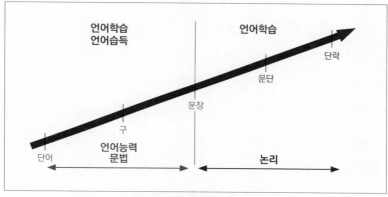

[도표-04. 언어능력의 발전단계]

정상적인 인간은 [도표-04]와 같은 언어능력의 발전단계에 따라 점차 높은 차원의 구체적 '표현'으로 자신의 추상적 '생각'을 타인에게(예컨대, '엄마에게') 전달하여 자신이 원하는 것(예컨대, '밥')을 얻어낸다.[20] 먼저, 옹알이밖에 못하던 갓난아기가 어느 정도 성장하면, 자신의 추상적 '생각'을 단어Word라는 구체적 '표현'의 형식에 담아 전달한다. 예컨대, 엄마를 마주한 아이가 큰 소리로 "밥!", "배고파!", "Cake!", "Hungry!" 등과 같이 표현한다. 이

---

20. "말로써 원하는 것을 얻는 것", 이것이 설득이다. 자세한 내용은 "1.1. 논리! 설득의 핵심" 참고.

후, 이 아이는 단어와 단어를 조합하여 하나의 구Phrase라는 구체적 '표현'의 형식을 만들어 자신의 추상적 '생각'을 전달한다. 예컨대, 어느 순간 아이가 "맛있는 밥!", "무지무지 배고파!", "A piece of cake!", "Really Hungry!" 등과 같이 표현한다.

다음으로, 이 아이는 단어와 단어를 일정한 규칙에 따라 조합하여 문장Sentence이라는 구체적 '표현'의 형식을 만들어 내고, 동일한 자신의 추상적 '생각'을 그 형식에 담아 전달한다. 예컨대, "어머니, 따뜻한 밥 한끼 지어주십시오!", "Please, give me a piece of cake!" 등과 같이 표현한다. 모국어의 경우 누구나 '단어 → 구 → 문장'이라는 언어능력의 발전단계를 경험한다. 즉, 인간은 특정 언어사회에 일정 기간 노출되면 자연스럽게 단어와 단어를 조합하여 문장을 만드는 규칙을 습득하는데, 이것을 언어습득이라고 한다. 이러한 인간의 능력을 언어능력이라고 한다. 이에 반해, 외국어의 경우 문법을 인위적으로 배우는 언어학습의 과정을 통해서 문장 차원의 의사소통이 가능해진다.[21]

이후, 좀더 수준이 높아진 아이는 문장과 문장을 일정한 규칙에 따라 조합한 문단Paragraph의 형식을 활용하여 자신의 생각을 표현한다. 더욱더 수준이 높아진 아이는 문단과 문단을 일정한 규칙에 따라 조합한 단락Passage이라는 구체적 '표현'의 형식을 활용하

---

21. 논문 즉, Thesis, Dissertation, Paper 등과 같이 영어로 '논리적 글쓰기'를 목표로 하는 사람들을 위해, 영어에 초점을 맞추어 "1.3. 영어능력의 발전단계"를 별도로 다룬다. 한편, 논문 관련 자세한 내용은 "6.4. 논문쓰기" 참고.

여 자신의 추상적 '생각'을 전달한다.[22] 이때 문단과 단락을 조합하는 규칙이 논리이다. 주목해야 할 것은 심지어 모국어의 경우에도 결코 자연스러운 언어습득이 아니라 반드시 인위적인 언어학습을 통해서만 문단과 단락 차원의 의사소통이 가능하다는 점이다. 따라서 문단과 단락을 활용한 '논리적 글쓰기'를 잘하기 위해서는, 단순한 글쓰기의 반복이 아니라 '논리'에 대한 정확한 '이해'와 끈질긴 '연습'이 필요하다.

---

22. 문단과 단락을 활용한 구체적 '표현'이 '논리적 글쓰기'의 핵심이다. 따라서 이에 대한 자세한 설명과 예시는 이 책 전반을 통해 다루어진다.

" 심지어 모국어의 경우에도
결코 자연스러운 언어습득이 아니라
반드시 인위적인 언어학습을 통해서만
문단과 단락 차원의 의사소통이 가능하다. "

1.3. 영어능력의 발전단계

　한국어를 모국어로 사용하는 우리 모두는 한국어를 잘한다. 신간 소설을 읽고, 아침 뉴스를 듣고, 카카오톡 메시지를 쓰고, 친구들과 수다를 떠는 등 한국어로 매일매일의 일상을 큰 어려움 없이 멋지게 보낸다. 그렇다면 이렇게 한국어를 잘하는 우리 모두가 한국어로 '논리적 글쓰기' 또한 잘할 수 있을까? 결코 그렇지 않다. 왜냐하면 한국어로 '논리적 글쓰기'를 잘하려면 한국인으로서 자연스럽게 습득한 '단어 → 구 → 문장' 차원의 한국어능력을 넘어서, 인위적인 학습을 통해 '문장 → 문단 → 단락' 차원의 한국어능력을 추가적으로 갖추어야 하기 때문이다.[23] 이렇듯 일상에서 말하는 "한국어를 잘한다."와 논리적 글쓰기에서 말하는 "한국어를 잘한다."는 분명하게 구별된다.

---

23. 자세한 내용은 "1.2. 추상적 '생각'과 구체적 '표현'" 참고.

마찬가지로, 보통의 한국 사람들끼리 흔히 말하는 "영어를 잘한다."와 영어를 활용해 Thesis, Dissertation, Paper 등과 같은 논리적 글쓰기를 목표로 하는 사람들이 말하는 '영어를 잘한다.'는 엄격하게 구별된다.[24] 영어를 모국어로 사용하는 미국인과 달리 보통의 한국인은 Word와 Word를 조합해서 Sentence 차원에서 영어로 의사소통하는 것을 잘하지 못한다. 심지어 대학수학능력시험(수능) 영어영역에서 만점 혹은 1등급을 받은 학생들 중에도 영어로 Sentence를 능숙하게 만들어서 읽고, 듣고, 쓰고, 말할 수 있는 사람이 많지 않다.[25] 따라서 평범한 한국 사람의 입장에서는 영어로 Sentence를 만들어서 의사소통만 할 수 있어도 "와! 영어 잘한다!"

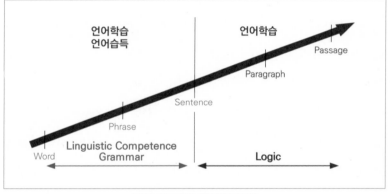

[도표-05. 영어능력의 발전단계]

---

24. 이러한 구별을 위해 필자는 이전 졸저에서 전자를 영어로 후자를 작은따옴표를 붙인 '영어'로 각각 달리 표현했다. 이상혁, 『Dr. LEE의 '영어'로 대학가기』 (서울: KP Publisher, 2010) 참고.

25. 사실 이 부분이 소위 '수능 영어'의 가장 큰 문제점이다. 따라서 "학교에서 영어공부 10년 넘게 했는데, 외국인과 만나면 한마디도 못한다."라는 일반 시민들의 문제 제기는 타당하다. 이에 필자는 '학교 영어교육의 목표와 방법'에 대한 과감한 방향전환과 개선이 필요하다고 생각한다. 자세한 내용은 이상혁, 『Dr. LEE의 똑똑영어: 똑바로 이해하고 똑바로 실천하는 영어 공부』 (서울: 연암사, 2021) 참고.

라고 감탄하는 것이다.

Sentence 차원의 영어능력을 갖추었는지 여부를 검증하는 방법 중 하나가 표준화된 영어공인시험이다. 예컨대, 취업 준비생이 주로 응시하는 TOEIC[26]의 경우 Sentence 차원에서 읽고, 들을 수만 있으면 900-990점을 받는다. 수능 영어 1등급 학생이 TOEIC에 응시할 경우 일반적으로 750-850점밖에 못 받는다. 학사학위 이상 소지자가 78%인 한국인 응시자의 2017년 평균 점수는 676점이었다.[27] 영어권 유학을 준비하는 학생이 주로 응시하는 TOEFL[28]의 경우 Sentence 차원에서 읽고, 듣고, 쓰고, 말할 수 있으면 각 영역별로 25-26점, 총점 100-105점을 받는다. 미국의 주요 명문대학의 경우 100점을 그리고 일부 최상위권 로스쿨Law School, 비즈니스스쿨Business School 등에서는 105점을 요구한다.

Sentence를 넘어 Paragraph와 Passage 차원의 영어능력을 검증하는 가장 정확한 방법은 Thesis, Dissertation, Paper 등과 같은 논리적 글쓰기이다. 대부분의 미국 명문 대학·대학원 입학의 경우 필수로 제출된 Essay를 통해 Paragraph와 Passage 차원의 논리능력을 평가한다. 한편, TOEIC은 Paragraph와 Passage 차원의 영어능력을 검증하지 못한다. 이와 달리 TOEFL은 Paragraph

---

26. 'Test of English for International Communication'의 줄임말.

27. ETS, "2017 Report on Test Takers Worldwide" (2018), https://www.ets.org/s/toeic/pdf/2017-report-on-test-takers-worldwide.pdf, accessed June 2021.

28. 'Test of English as a Foreign Language'의 줄임말.

와 Passage 차원의 검증을 시도한다. Paragraph 차원에서 읽고, 듣고, 쓰고, 말하는 것이 가능하면 각 영역별로 27-28점을 그리고 Passage 차원에서 가능하면 29-30점을 받는다. 다만, 여러 가지 변수로 인해 TOEFL 점수의 객관성 및 정확성에 대해서는 여전히 논란의 여지가 남아 있다.[29]

이에, 미국의 명문 대학·대학원은 TOEFL 100-105점으로 Sentence 차원의 영어 능력을 검증받은 외국 학생뿐 아니라 영어를 모국어로 쓰는 모든 미국 학생에게도 SAT, GRE, LSAT, GMAT 등의 점수를 요구한다.[30] 이들 시험의 공통점은 과연 무엇일까? 바로 학업능력 즉, 논리능력을 검증하는 것이다. 앞서 언급한 Essay 또한 Paragraph와 Passage 차원의 의사소통능력 즉, 논리능력이 어느 정도 수준인지를 검증하는 방법이다. 요컨대, 영어능력의 발전단계라는 측면에서, 논리적 글쓰기에 필요한 '영어'를 잘한다는 것은 자신의 머릿속에 있는 추상적 '생각'을 (Sentence를 넘어) Paragraph와 Passage 차원의 구체적 '표현'으로 만들어 의사소통할 수 있다는 것을 의미한다.

---

29. 이러한 이유로 최근 몇몇 미국 최상위권 대학에서는 외국인에 대해서도 별도의 TOEFL 점수를 요구하지 않는 경우가 있다. 미루어 짐작컨대, SAT 혹은 Essay를 통해서도 학생의 영어능력을 충분히 혹은 TOEFL보다 더 정확하게 검증할 수 있기 때문일 것이다. 예컨대, 하버드대학교가 여기에 해당한다. See Harvard University, "International Applicants", https://college.harvard.edu/admissions/application-process/international-applicants, accessed June 2021.

30. SAT란 대학 학부 과정 입학을 위한 'Scholastic Assessment Test' 혹은 'Scholastic Aptitude Test', GRE란 일반대학원 석사·박사 과정 입학을 위한 'Graduate Record Examination', LSAT란 로스쿨 입학을 위한 'Law School Admission Test', GMAT이란 비즈니스스쿨 입학을 위한 'Graduate Management Admission Test'의 줄임말이다.

1.4. 주관적 '의견'과 객관적 '사실'

평소 지나치게 말이 많은 것으로 유명한 대한민국 역대 최고의 투수 박찬호 선수의 별명이 '코리안특급'에서 '투머치토커' 즉, 'TMT'[31]로 바뀌었다는 것은 이미 널리 알려진 사실이다. TMT라는 신조어도 낯설었는데, 최근에는 'TMI'라는 새로운 표현도 자주 접하게 된다. TMI란 "달갑지 않은 정보 혹은 굳이 알고 싶지 않은 이야기까지 듣게 되는 경우"[32]를 일컫는데, 매일매일 수많은 정보가 생산되고[33] 그러한 정보에 무분별하게 그리고 끊임없이 노출되는

---

31. 'TMT' 즉 'Too Much Talker'라는 표현은 미국인이 쓰지 않는 소위 'Konglish'이다. 물론 'Konglish'라는 표현도 'Konglish'이기에 영어로 표현하자면 'broken English' 정도가 적당할 것이다. "Too Much Talker"를 굳이 영어로 표현하자면 "He talks too much.", "He is too talkative.", "He is a chatterbox." 등이 될 것이다.

32. 'TMI' 즉, 'Too Much Information'이라는 표현은 2000년대 초반부터 영어권 SNS에서 사용되기 시작했고, 한국의 경우 TMT라는 표현과 함께 2017년 이후 사용되었다. 자세한 내용은 네이버 시사상식사전 참고.

33. 2018년 현재 매일 2.5 quintillion 바이트의 정보가 생산되고 있다. Quintillion은 100경, 즉 10의 18승이다. 2016-2018년 단 2년 간 생산된 정보가 태초부터 2018년까지 인류가 생산해 낸 총 정보의 90%를 차지한다. 향후 정보 생산량은 더욱 증가할 것으로 예상된다. See Bernard Marr, "How Much Data Do We Create Every Day? The Mind-Blowing Stats Everyone Should Read", *FORBES* (May 21, 2018), https://www.forbes.com/sites/bernardmarr/2018/05/21/how-much-data-do-we-create-every-day-the-mind-blowing-stats-everyone-should-read/#5b94ab4260ba, accessed June 2021.

현실을 반영한 신조어이다. 한편, 논리적 글쓰기에 있어 수많은 정보는 양날의 칼과 같다. 정보의 홍수에 휩쓸리지 않고, 오히려 수많은 정보를 논리적 글쓰기에 올바르게 활용하기 위해서는 반드시 다음 3가지를 실천해야 한다.

첫째, 주관적 '의견'과 객관적 '사실'을 철저하게 분별하라. 의견이란 "어떤 대상 혹은 현상에 대한 자기 나름의 판단"을 일컫는다.[34] 의견은 그저 자신만의 생각일뿐 다른 사람들이 자신의 의견에 동의할지 여부는 아직 모른다. 따라서 서로 다른 사람들 간에는 의견의 충돌 즉, 논쟁이 벌어지기도 한다. 이에 반해, 사실이란 "실제 있는 혹은 있었던 일"[35] 혹은 "객관적 현실에 부합하고 증거에 의해 참으로 증명될 수 있는 어떤 것"[36]이다. 예컨대, "대한민국은 미국과 자유무역협정FTA을 체결했다."는 이미 벌어졌던 객관적 '사실'을 전달하는 진술이다. 이에 반해, "한미자유무역협정KORUS FTA은 대한민국 경제에 긍정적인 효과를 미쳤다."는 주관적 '의견'을 전달하는 진술이다.

둘째, 주관적 '의견'에 대해서는 반드시 '왜Why?'라는 질문을 던져라. 예컨대, "한미자유무역협정은 대한민국 경제에 긍정적인

---

34. 국립국어원 표준국어대사전. 한편, 영어 'Opinion'은 "무엇 혹은 누군가에 대한 생각 혹은 믿음"(a thought or belief about something or someone)을 의미한다. Cambridge Dictionary.

35. 국립국어원 표준국어대사전. 한편, 영어 'Fact'는 "이미 벌어진 것으로 알려진 혹은 현재 존재하는 그 무엇, 특히 증거가 있거나 혹은 관련 정보가 있는 그 무엇"(something that is known to have happened or to exist, especially something for which proof exists, or about which there is information)을 의미한다. Cambridge Dictionary.

36. "Fact" Wikipedia, https://en.wikipedia.org/wiki/Fact, accessed June 2021.

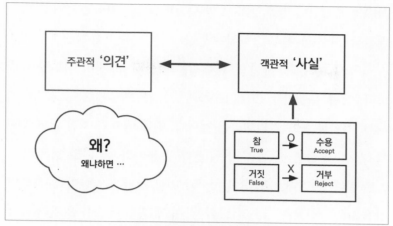

[도표-06. 주관적 '의견'과 객관적 '사실']

효과를 미쳤다."라는 의견을 읽거나 듣게 되면 반드시 '왜?'라는 질문을 던져야 한다. '왜?'라는 질문에 대한 대답에 따라 이러한 의견의 수용 여부가 결정된다. 만약, 이 의견을 쓰거나 말하는 사람이 "왜냐하면 한미자유무역협정으로 인해 2018년 한국과 미국 간의 교역량이 1,316억불로 전년대비 10.3%나 증가했기 때문이다."[37] 라고 말한다면, 이러한 사실에 근거하여 위 의견을 수용할 수도 있다.[38] 반대로, 자신의 주관적 '의견'을 말 혹은 글의 형식으로 다른

37. 2012년 3월 15일 한미자유무역협정이 발효된 이후 한국과 미국 간의 교역량 증감률은 2017년을 제외하고는 한국과 전세계 간의 교역량 증감률보다 항상 높았다. 2018년의 경우 한국과 미국 간의 교역량 증감률은 10.3% 그리고 한국과 전세계 간의 교역량 증감률은 8.4%였다. 산업통상자원부, "한미 FTA 발표 7년차 교역 동향" (March 13, 2019), http://www.fta.go.kr/us/paper/1/, accessed June 2021.

38. 논리학이라는 측면에서 보면, '교역량의 증가는 경제에 긍정적인 효과를 미친다.'라는 전제(Premise)가 포함되어야만 좀더 논리적으로 완벽해진다. 다만, '논리적 글쓰기'라는 이 책의 주제에 충실하기 위해 전제에 대한 상세한 논의는 생략하도록 하겠다.

사람에게 전달할 경우 반드시 '왜냐하면Because'이라는 이유를 담은 객관적 '사실'을 미리 준비해야 한다.

셋째, 객관적 '사실'에 대해서는 반드시 그 진위 여부를 확인하라. 요즘 유행하는 말로 표현하면, 소위 '팩트체크'를 철저하게 해서 '가짜뉴스'를 가려내라는 것이다. 진위 여부의 확인 결과 객관적 '사실'에 관한 진술이 '참'일 경우 수용하고 '거짓'일 경우 거부하면 된다. 예컨대, "2018년 한국과 미국 간의 교역량이 전년에 비해 8.4% 증가했다."라는 객관적 '사실'에 관한 진술을 읽거나 듣게 되면 반드시 그 진위 여부를 확인해야 한다. 확인 결과 교역량 증가율이 8.4%가 아니라 10.3%이기에[39] 이러한 거짓 진술은 거부해야 한다. 반대로, 자신만의 주관적 '의견'을 뒷받침하기 위해 객관적 '사실'을 담은 진술을 쓰거나 말하는 경우 반드시 그 진위 여부를 사전에 충분히 확인해야 한다.

요컨대, 주관적 '의견'과 객관적 '사실'을 분별하고, 전자에 대해서는 '왜?'라는 질문을 던지고 후자에 대해서는 그 진위 여부를 확인하는 것이 글쓰기에 필요한 논리의 기초이자 비판적 사고Critical Thinking의 핵심이다. 다만, '비판Criticize'과 '비난Blame'을 결코 혼동하지 말아야 한다. "어떤 의견에 (일단 무조건) 반대"하는 비난과 달리, "시시비비를 판단"하는 비판은 어떤 의견이 왜 옳고 왜 그른지

---

39. 산업통상자원부, *supra* note 37.

에 대해 생각하는 것이다.[40] 또한 이것이 끝없는 질문으로 자신의 무지함에 스스로 도달하도록 했던 고대 그리스의 철학자 소크라테스의 '소크라테스식 문답법Socratic Method'의 핵심이기도 하다. 누군가의 의견을 의심하고 '왜?'라는 질문을 과감하게 던져라! 데카르트가 말했듯이, '왜?'라는 의심이 생각과 존재의 시작이기 때문이다.[41]

---

40. 국립국어원 표준국어대사전.

41. *"dubito, ergo cogito, ergo sum"* (I doubt. Therefore, I think. Therefore, I am.) 즉, '나는 의심한다. 그러므로 나는 생각한다. 그러므로 나는 존재한다." See Rene Descartes, *supra* note 17.

> 누군가의 의견을 의심하고
> '왜?'라는 질문을 과감하게 던져라!
> 데카르트가 말했듯이,
> '왜?'라는 의심이 생각과 존재의 시작이기 때문이다.

1.5. 논리능력의 3가지 측면

　　논리라는 말의 사전적 의미는 "말이나 글에서 사고나 추리 따위를 이치에 맞게 이끌어 가는 과정이나 원리"이다.[42] 글쓰기라는 측면에서 논리는 자신의 추상적 '생각'을 문단과 단락이라는 구체적 '표현'의 형식에 담을 때, 그 글을 읽는 독자로 하여금 자신의 생각에 동의하도록[43] 만드는 '문단과 단락의 조합 규칙'이다.[44] 현실적으로 논리능력은 논리적 분석, 논리적 사고, 논리적 표현이라는 3가지 측면으로 드러난다.[45] 예컨대, 시카고대학교의 경제학자 리처드 세일러와 하버드대학교의 법학자 캐스 선스타인은 자신들의 추

---

42. 국립국어원 표준국어대사전. 한편, 영어 'Logic'은 "특정 사고 방식, 특히 이성적이고 건전한 판단에 기반한 사고 방식"(a particular way of thinking, especially one that is reasonable and based on good judgment)을 의미한다. Cambridge Dictionary.

43. '논리적'(Logical)이라는 말을 보다 쉽게 '동의가능한'(Agreeable) 혹은 '수용가능한'(Acceptable)으로 이해할 수 있다. 즉, 어떤 글에 대한 독자의 동의가능성과 수용가능성이 크면 클 수록 더 논리적인 글이다.

44. 자세한 내용은 "1.2. 추상적 '생각'과 구체적 '표현'" 참고.

45. 논증 훈련의 5단계 중 (1) 개념정의, (2) 논쟁 (충돌하는 의견), (3) (각 의견의) 근거가 논리적 분석, 그리고 (4) 나의 의견, (5) 나의 근거가 논리적 사고에 해당한다. 자세한 내용은 "제7장 논증 훈련의 5단계" 참고.

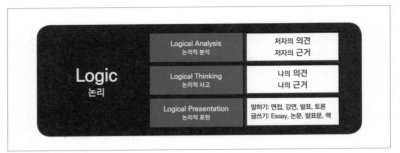

[도표-07. 논리능력의 3가지 측면]

상적 '생각'을 문장, 문단, 단락을 넘어 『넛지』[46]라는 한 권의 책에 담아 구체적으로 표현했다. 『넛지』를 읽는 당신은 다음 3가지를 통해 당신의 논리능력을 드러낼 수 있다.

첫째, 논리적 분석Logical Analysis 즉, 비판적 독서이다. 먼저 당신은 『넛지』라는 책을 통해 리처드 세일러와 캐스 선스타인이 전달하고자 하는 주관적 '의견'이 무엇인지 그리고 어떠한 객관적 '사실'에 기반한 근거를 제시하는지 찾아야 한다. 두 저자는 "시민·시장의 '선택의 자유'를 침해하지 않으면서도, 국가·정부가 시민·시장의 선택을 예측 가능한 방향으로 변화시킬 수 있는 선택설계의 방법으로 개입·규제해야 한다."라는 '자유방임적 국가개입주의'를 주창한다. 다만, 이것을 일반 대중의 논높이에 맞추어 '넛지'[47] 즉,

---

46. See Richard H. Thaler and Cass R. Sunstein, *Nudge: Improving Decisions about Health, Wealth, and Happiness* (New Haven, CT: Yale University Press, 2008).

47. The term 'Nudge' refers to "to push something or someone gently, especially to push someone with your elbow to attract the person's attention." Cambridge Dictionary.

'(팔꿈치로 살짝) 쿡 찌르기'라는 말로 좀더 친숙하게 표현했다. 이러한 국가·정부 개입의 근거로 시민·시장의 비합리성을 내세우며, 책 전반을 통해 그러한 비합리성의 구체적인 사례를 제시한다.[48]

둘째, 논리적 사고Logical Thinking 즉, 비판적 사고이다. 이제 당신은 『넛지』라는 책을 통해 제시된 '자유방임적 국가개입주의'를 지지하는 두 저자의 주장에 대한 나의 의견을 결정하고 그것을 뒷받침하는 나의 근거를 생각해야 한다. 예컨대, "나는 '넛지'로 상징되는 자유방임적 국가개입주의가 주장하는 시민·시장에 대한 국가·정부의 개입에 동의하지 않는다."라는 나의 의견을 결정한다. 그리고 그 근거로 시민·시장의 합리성 즉, 시장에 참여하는 모든 시민들은 자신의 이익을 극대화하는 최선의 선택을 한다는 것을 보여주는 구체적 사례를 제시한다. 참고로, 이러한 의견은 인간의 합리성과 그로 인한 시장의 온전함을 신뢰했던 애덤 스미스의 자유주의 혹은 고전주의 경제이론과 연결된다.[49]

셋째, 논리적 표현Logical Presentation이다. 『넛지』라는 책에 제시된 '자유방임적 국가개입주의'를 지지하는 두 저자의 주장에 대한 논리적 분석과 논리적 사고의 결과 완성된 자신의 생각을 이제 다

---

48. 이상혁, 『Dr. LEE의 용어로 풀어보는 글로벌 이슈 제1권』, 2nd Edition (서울: KP Publisher, 2014), pp. 191-196.

49. 자유주의 혹은 고전주의 경제학자인 Adam Smith는 자신의 이익을 극대화하는 합리적 의사결정의 주체인 '경제적 인간'(*homo economicus*)을 가정한다. 이에 반해, 행동주의 경제학자인 Richard H. Thaler는 때로는 합리적이지만 때로는 비합리적으로 행동하는 현실 속의 인간은 '경제적 인간'이 아니라 그저 '호모 사피엔스'(*homo sapiens*)에 불과하다라고 반론을 제기한다. See Richard H. Thaler and Cass R. Sunstein, *supra* note 46.

른 사람들을 향해 표현해야 한다. 논리적 표현이 말의 형식을 따르면 면접, 강연, 발표, 토론 등과 같은 '논리적 말하기'가 되고, 글의 형식을 따르면 Essay, 논문, 발표문, 책 등과 같은 '논리적 글쓰기'가 된다. 물론 말하기와 글쓰기는 그 구체적인 형식과 방법에 있어 다소 차이가 있다. 그러나 논리적 표현이라는 본질적인 측면에서는 면접, 강연, 발표, 토론, Essay, 논문, 발표문, 책 등은 모두 동일하다. 따라서 이 책은 논리적 표현이라는 본질에 충실하되, 그 구체적인 형식과 방법은 논리적 글쓰기에 초점을 맞추고자 한다.

요컨대, 인간의 논리능력은 논리적 분석, 논리적 사고, 논리적 표현이라는 3가지 측면으로 드러난다. 논리라는 말의 영어 표현인 'Logic'의 어원은 '이성, 생각, 말씀' 등의 뜻으로 사용되는 고대 그리스어 'λόγος' 및 라틴어 'logos'이다. 신약성경 『요한복음』 제1장1절 "태초에 말씀이 계셨다. 그 말씀은 하나님과 함께 계셨다. 그 말씀은 하나님이셨다."[50]라는 구절의 '말씀'이 'logos'이다. 또한 논리는 문법, 수사학과 더불어 고대 그리스 이후 서구 사회에서 가장 중요한 기초 학문 3가지 즉, '삼학'Trivium의 하나이다.[51] 이렇듯 논리는 역사적으로 그리고 문화적으로 이성, 합리성, 심지어 하나님과도 그 의미가 맞닿는 너무나도 중요한 서구 사회의 기본 개념 중 하나이다.

---

50. 신약성경 『요한복음』 제1장1절.

51. See "Trivium", Wikipedia, https://en.wikipedia.org/wiki/Trivium, accessed June 2021.

"
논리는

역사적으로 그리고 문화적으로

이성, 합리성, 심지어 하나님과도 그 의미가 맞닿는

너무나도 중요한 서구 사회의 기본 개념 중 하나이다. "

제2장

논리적
글쓰기의 5단계

2.1. 이해하기

논리적 글쓰기의 첫 번째 단계는 이해하기이다. 구체적 사례를 통해 이해하기를 설명해 보도록 하겠다. 다음 페이지의 [지문-1]은 1970년 9월 13일자 뉴욕타임즈에 기고된 시카고대학교 밀턴 프리드먼 교수의 글 중 일부를 발췌한 것이다.[52] 1976년 노벨경제학상 수상자이자 신자유주의의 아버지로 평가받는 밀턴 프리

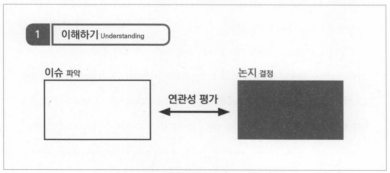

[도표-08. 논리적 글쓰기_1단계 이해하기]

---

52. Milton Friedman, "The Social Responsibility of Business Is to Increase Its Profits", *The New York Times* (September 13, 1970), http://umich.edu/~thecore/doc/Friedman.pdf, accessed June 2021.

드먼은 애덤 스미스의 자유주의 사상에 기반하여,[53] 당시 주류 경제학이었던 케인스주의가 유행시킨 소위 '기업의 사회적 책임'[54]이라는 개념에 대한 자신의 비판적 의견을 제시했다. 영어가 불편한 독자들은 다음 페이지에 첨부된 번역본 [지문-2]를 참고하라. 구체적 '표현'이 아닌 추상적 '생각'을 활용하여[55] 이슈 파악, 논지 결정, 그리고 연관성 평가라는 3가지 작업을 수행해야 한다.

[지문-1. 밀턴 프리드먼의 의견 (영어)]

I hear businessmen speak eloquently about the "social responsibilities of business in a free-enterprise system," ... The businessmen believe that they are defending free enterprise when they declaim that business is not concerned "merely" with profit but also with promoting desirable "social" ends ... Businessmen who talk this way are unwitting puppets of the intellectual forces that have been undermining the basis of a free society these past decades.

Only people have responsibilities. In a free-enterprise, private-property system, a corporate executive is an employee of the owners of the business. He has direct responsibility to his employers. That responsibility is to conduct the business in

---

53. 이상혁, *supra* note 48, pp. 179-184.

54. 이상혁, 『Dr. LEE의 용어로 풀어보는 글로벌 이슈 제2권』, 2nd Edition (서울: KP Publisher, 2014), pp. 62-70.

55. 자세한 내용은 "1.2. 추상적 '생각'과 구체적 '표현'" 참고.

accordance with their desires, which generally will be to make as much money as possible while conforming to their basic rules of the society, both those embodied in law and those embodied in ethical custom.

Of course, the corporate executive is also a person in his own right. As a person, he may have many other responsibilities that he recognizes or assumes voluntarily—to his family, his conscience, his feelings of charity, his church, his clubs, his city, his country. He may feel impelled by these responsibilities to devote part of his income to causes he regards as worthy, to refuse to work for particular corporations, even to leave his job, for example, to join his country's armed forces. ... If these are "social responsibilities," they are the social responsibilities of individuals, not business.

[Instruction] What is your own critical opinion on Milton Friedman's argument in the given excerpt?

[지문-2. 밀턴 프리드먼의 의견 (한국어)]

나는 기업인들이 "자유기업 체제에서의 사회적 책임"에 대해 웅변적으로 말하는 것을 듣는다. …… "단지" 이윤뿐 아니라 바람직한 "사회적" 목표의 증진에도 기업이 관심을 가지고 있다고 열변을 토할 때, 그 기업인들은 자기자신이 자유기업을 수호하고 있다고 믿는다. …… 이런 식으로 말하는 기업인들은 지난 수십 년간 자유사회의 근간을 훼손한 지식인들의 꼭 두각시 노릇을 자기도 모르는 사이 하고 있는 것이다.

단지 사람만이 책임을 진다. 자유기업과 사유재산이 보장된 체제에서 기업 경영자는 기업 소유자의 피고용인이다. 경영자는 자신의 고용인들에 대한 직접적인 책임을 진다. 이 책임은 고용인들의 바람에 따라 기업을 운영하는 것이다. 일반적으로 그 바람은 법과 윤리적 관행에 구체적으로 나타난 사회의 기본규범을 준수하면서 가능한 많은 돈을 버는 것이다.

물론 기업 경영자는 자기자신의 권리로서 또한 한 사람의 인간이다. 한 사람의 인간으로서, 기업 경영자는 자발적으로 인정하거나 혹은 떠안은 또 다른 많은 책임—예컨대, 자신의 가족, 자신의 양심, 남을 돕겠다는 자신의 감정, 자신의 교회, 자신의 모임, 자신의 도시, 자신의 나라 등에 대한 책임—을 질 수도 있다. 예컨대, 이러한 책임으로 인해 자신이 가치있다고 생각하는 대의에 자신의 소득 중 일부를 바치거나, 특정 기업을 위해 일하는 것을 거부하거나, 심지어 자신의 직장을 떠나거나, 혹은 조국의 군대에 입대해야 한다고 느낄 수도 있다. …… 만약 이것들이 "사회적 책임"이라면, 이것은 개인의 사회적 책임이지 기업의 사회적 책임이 아니다.

[지시사항] 위 발췌문에 제시된 밀턴 프리드먼의 주장에 대한 자신의 비판적 의견은 무엇인가?

첫째, 논쟁의 대상 즉, 이슈를 정확하게 파악하라. 지문에 따르면, 밀턴 프리드먼은 "기업의 사회적 책임은 오로지 이윤의 확대"라고 단언한다. 그 근거로 사회적 책임의 주체는 오로지 사람

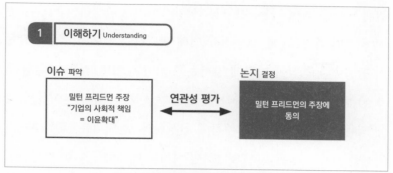

[예시-01. 논리적 글쓰기_1단계 이해하기]

즉, 개별 개인들이라고 설명한다. 다시 말해, 기업은 사회적 책임의 주체가 될 수 없다는 것이다. 다만, 지문에 제시된 밀턴 프리드먼의 주장은 객관적 '사실'이 아닌 주관적 '의견'에 불과하다.[56] 따라서 누군가는 기업의 사회적 책임에 대한 밀턴 프리드먼의 주장에 동의할 것이고, 누군가는 이에 반대할 것이다. 또 다른 누군가는 부분적으로 동의할 수도 부분적으로 반대할 수도 있다. 이에 "기업의 사회적 책임은 이윤의 확대"라는 밀턴 프리드먼의 주장이 논쟁의 대상 즉, 이슈인 것이다.

둘째, 이슈에 대한 자신의 비판적 의견 즉, 논지를 결정하라. 지문에 제시된 "기업의 사회적 책임은 이윤의 확대"라는 밀턴 프리드먼의 주장에 대한 자신의 비판적 의견을 결정해야 한다. 다만, 비

---

56. 자세한 내용은 "1.4. 주관적 '의견'과 개관적 '사실'" 참고.

판과 비난은 전혀 다른 것이다. "시시비비를 판단"[57]하는 비판은 어떤 의견이 왜 옳고 왜 그른지에 대해 판단하는 것이고, "남의 잘못이나 결점을 책잡아 나쁘게 말하는"[58] 비난은 어떤 의견에 (일단 무조건) 반대하는 것이다. 따라서 "기업의 사회적 책임은 이윤의 확대"라는 밀턴 프리드먼의 주장에 찬성하든, 반대하든, 혹은 제3의 의견을 가지든 상관없이 '왜냐하면'이라는 이유에 근거한 자신만의 비판적 의견 즉, 논지를 결정해야 한다. [예시-01]에서는 '밀턴 프리드먼의 주장에 동의'라는 논지를 결정했다.

셋째, 이슈와 논지 간의 연관성 평가를 수행하라. 다시 말해, 앞서 결정한 자신의 비판적 의견 즉, 논지가 앞서 파악한 이슈에 대해 얼마나 직접적으로 연관되어 있는지를 평가해야 한다. 예컨대, "기업의 사회적 책임은 이윤의 확대에 동의"보다 "(기업의 사회적 책임은 이윤의 확대라는) 밀턴 프리드먼의 주장에 동의"가 연관성 평가라는 측면에서 좀더 직접적으로 연관된 올바른 논지이다. 달리 표현하면, 자신의 논지가 제시된 지시사항에 대해 얼마나 직접적인 대답이 되는지를 평가해야 한다. 지시사항이 "밀턴 프리드먼의 주장에 대한 자신의 비판적 의견은 무엇인가?"일 경우 "밀턴 프리드먼의 주장에 동의"가 "기업의 사회적 책임은 이윤의 확대에 동의"

---

57. 국립국어원 표준국어대사전.
58. 국립국어원 표준국어대사전.

보다 좀더 직접적인 대답이다.[59]

　　요컨대, 논리적 글쓰기의 1단계 이해하기는 이슈를 파악하고, 논지를 결정하며, 이슈와 논지 간의 연관성 평가를 수행하는 작업이다. 즉, 논리적 분석을 통해 논쟁의 대상이 되는 이슈를 정확하게 파악하고, 본격적인 논리적 사고의 과정에 앞서 (직관, 철학, 관점 등에 근거해) 자신의 비판적 의견인 논지를 먼저 결정하고,[60] 이슈와 논지 간의 연관성 평가를 1차적으로 수행하는 것이다. 물론 결정된 논지가 추후 본격적인 논리적 사고의 과정을 거쳐 수정될 수도 있다. 연관성 평가는 3단계 개요짜기에서 다시 한번 진행된다. 이해하기에 문제가 생기면 'Off-Topic' 즉, 주제와 상관없는 엉뚱한 글쓰기를 하게 된다. 이해하기는 앞으로 자신이 전개할 주장의 방향성을 결정하는 매우 중요한 작업이다.

---

59. 자세한 내용은 "2.3. 개요짜기" 및 "4.2. 연관성 평가" 참고.

60. 19세기 프랑스의 수학자 Henry Poincare의 격언 중 "증명은 논리로 하지만, 발견은 직관으로 하는 것이다."(It is by logic that we prove, but by intuition that we discover.)라는 말이 있다. See "Henry Poincare", Wikiquote, https://en.wikiquote.org/wiki/Henri_Poincar%C3%A9, accessed June 2021.

" 찬성하든, 반대하든, 혹은 제3의 의견을 가지든 상관없이

'왜냐하면'이라는 이유에 근거한

자신만의 비판적 의견,

즉, 논지를 결정해야 한다. "

2..2. 브레인스토밍하기

논리적 글쓰기의 두 번째 단계는 브레인스토밍하기이다. 세계적 광고회사 BBDO의 공동창립자 알렉스 오스본이 1948년 저술한 책[61]에서 처음으로 제시된 '브레인스토밍'이라는 용어는 "(한 그룹의 사람들이) 보다 신중한 고려에 앞서 많은 생각을 매우 빨리 제안하는 것"[62] 즉, (회사 혹은 팀의) 창의적 아이디어 개발 방식을 의미한다. 한편, 논리적 글쓰기의 2단계 브레인스토밍하기는 "신중한 고려" 즉, 3단계 개요짜기에 앞서 이것저것 최대한 많은 생각을 쏟아내는 과정이다. 물론, 이러한 생각들이 논리적일 수는 없다. 다만, 추상적 '생각'을 활용한[63] 다음 3가지 작업을 통해, 향후 효과적인 3단계 개요짜기를 위한 다양한 소재를 최대한 많이 확보하는 것

---

61. See Alex Faickney Osborn, *Your Creative Power: How to Use Imagination* (Dell Publishing Company, 1948).

62. The term 'brain-storm' refers to "(of a group of people) to suggest a lot of ideas for a future activity very quickly before considering some of them more carefully." Cambridge Dictionary.

63. 자세한 내용은 "1.2. 추상적 '생각'과 구체적 '표현'" 참고.

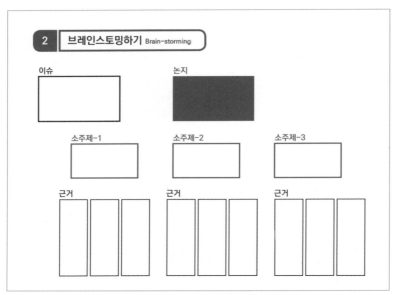

[도표-09. 논리적 글쓰기_2단계 브레인스토밍하기]

이 2단계 브레인스토밍하기의 목적이다.

첫째, 브레인스토밍하기 도표를 반드시 사용하라. 만약 무한 대의 시간이 주어진다면 아무런 제약 없이 그저 자유롭게 브레인스토밍을 하면 된다. 그러나 의식이 흐르는 대로 자연스럽게 떠오르는 모든 생각을 정리하면, 3단계 개요짜기에서 훨씬 더 많은 시간과 노력이 필요하게 된다. Essay, 논문, 발표문, 책 등 우리가 현실에서 수행하는 대부분의 논리적 글쓰기에는 분명한 시간 제한이 있다. 따라서 [도표-09]에 제시된 브레인스토밍하기 도표를 활용하여, 논지, 소주제, 근거 간에 주관성·객관성 기준 최소한의 '논리적 위계질서'를 만들어야 한다. 수없이 떠오르는 많은 생각들을 최소

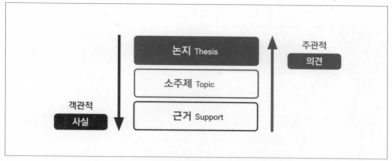

[도표-10. 논리적 위계질서: 논지-소주제-근거]

한 '논지'의 이유가 되는 주장인 '소주제'와 그러한 소주제를 뒷받침하는 '근거'로 각각 분류해야 한다.

둘째, 논지의 이유가 되는 주장 즉, 3가지 소주제를 생각하라. 예컨대, 1단계 이해하기를 통해 '밀턴 프리드먼의 주장에 동의'라는 논지를 이미 결정했다.[64] 이제 논지의 '이유가 되는 주장' 즉, 소주제 3가지를 생각해야 한다. [예시-02]에서는 "책임 측면, 재벌 제어", "세수 측면, 복지재원 확보", "고용 측면, 양극화 해소"라는 3가지 소주제를 생각했다. 주목해야 할 점은 3가지 소주제에 담긴 각각의 추상적 '생각'이 반드시 논지에 대한 이유가 되어야 한다는 것이다. 예컨대, "책임이라는 측면에서, 밀턴 프리드먼의 주장은 개인의 사회적 책임을 회피하려는 일부 재벌의 시도를 제어하는 데 도움이 된다."는 '밀턴 프리드먼의 주장에 동의'라는 논지를 뒷받침하는 하나의 이유가 된다.

---

64. 자세한 내용은 "2.1. 이해하기" 참고.

[예시-02. 논리적 글쓰기_2단계 브레인스토밍하기]

　　셋째, 각각의 소주제를 뒷받침하는 개관적 '사실'에 기반한 충분한 근거를 생각하라. 소주제는 분명 논지에 대한 이유이다. 따라서 객관성이라는 측면에서 소주제는 논지에 비해서는 좀더 객관적 '사실'에 가깝다. 그러나 소주제는 여전히 객관적 '사실'에 의해 추가적으로 논증되어야 하는 주관적 '의견'에 불과하다.[65] 예컨대, "세수 측면, 복지재원 확보"는 '밀턴 프리드먼의 주장에 동의'라는 논지를 뒷받침하는 이유이다. 하지만, "밀턴 프리드먼의 주장이 세수 측면에서 복지재원 확보에 도움"이라는 소주제는 여전히 뒷받침

---

65. 자세한 내용은 "1.4. 주관적 '의견'과 객관적 '사실'" 참고.

이 필요한 주관적 '의견'이다. 이에 "통계청자료, 복지지출확대, 기업이윤증가, 법인세증가, 배당증가, 소득세증가" 등과 같은 객관적 '사실'에 기반한 근거를 생각해야 한다.

요컨대, 논리적 글쓰기의 2단계 브레인스토밍하기는 브레인스토밍하기 도표를 사용하고, 소주제 3가지를 생각하고, 충분한 근거를 생각하는 작업이다. 자연적인 인간의 생각은 결코 논리적이지 않다. 즉, 논리는 자연적이지 않고 지극히 인위적인 것이다. 앞서 "1.2. 추상적 '생각'과 구체적 '표현'"에서 설명한 바와 같이, 문장을 넘어 논리 규칙에 따라 문단과 단락을 조합해서 의사소통을 하는 것은 자연적인 습득이 아니라 오로지 인위적인 학습을 통해서만 가능하다. 결국 논리적 글쓰기의 2단계 브레인스토밍하기는 3가지 평가를 통해 논리 구조를 철저히 만드는 3단계 개요짜기에 앞서 장차 논리 구조를 형성할 글의 원재료 즉, 다양한 소재를 최대한 많이 만들어 내는 창조적 과정이다.

> 수없이 떠오르는 많은 생각들을
> 최소한 논지의 이유가 되는 주장인 소주제와
> 그러한 소주제를 뒷받침하는 근거로
> 각각 분류해야 한다.

2.3. 개요짜기

논리적 글쓰기의 세 번째 단계는 개요짜기이다. 개요짜기란 1단계 이해하기와 2단계 브레인스토밍하기의 결과 만들어진 수많은 자연적인 생각을 연관성 평가, 논증성 평가, 균형성 평가라는 3가지 검증 도구를 활용하여 논리라는 인위적인 틀에 집어넣는 과정이다. 비유하자면, 자연적이고 비논리적이며 파편적인 '생각'이라는 '구슬'을 논증성 평가, 균형성 평가, 연관성 평가로 이루어진 '논리'라는 '삼색실'에 꿰어 인위적이고 논리적이며 온전한 '글쓰기'라는 '목걸이'를 만드는 것이 개요짜기이다. 즉, 개요짜기는 비논리적인 생각을 논리적으로 전환시키는 '논리적 글쓰기'의 가장 중요한 단계이다. 따라서 다음 3가지에 초점을 맞추어 최대한 많은 시간과 노력을 개요짜기에 쏟아야 한다.

첫째, 이슈와 논지 간의 연관성 평가를 수행하라. 연관성 평가에 문제가 생기면 'Off-Topic' 즉, 주제와 상관없는 엉뚱한 글쓰기

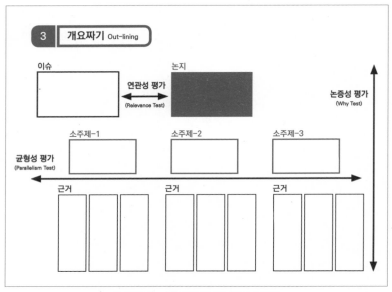

[도표-11. 논리적 글쓰기_3단계 개요짜기]

를 하게 된다. 연관성 평가는 이미 1단계 이해하기에서 한 차례 수행되었다.[66] 3단계 개요짜기에서는 앞서 수행했던 연관성 평가에 문제가 없었는지 추가적으로 검증하는 것이다. 연관성 평가의 본질은 자신의 논지가 제시된 이슈에 대해 얼마나 직접적으로 연관되어 있는지 혹은 제시된 지시사항에 대해 얼마나 직접적인 대답이 되는지를 검증하는 것이다. 예컨대, '밀턴 프리드먼의 주장에 동의'라는 논지는 "밀턴 프리드먼의 주장에 대한 자신의 비판적 의견은 무엇인가?"라는 지시사항에 대한 직접적인 대답이 되므로 연관성 평가

---

66. 자세한 내용은 "2.1. 이해하기" 참고.

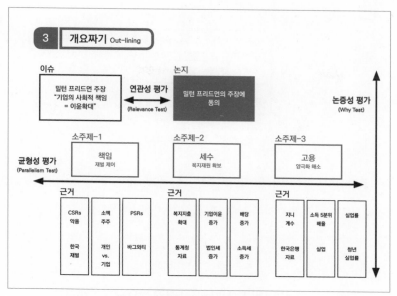

[예시-03. 논리적 글쓰기_3단계 개요짜기]

를 통과하는 것으로 판단된다.[67]

　둘째, 논지와 소주제, 소주제와 근거 간의 논증성 평가를 수행하라. 논지는 이슈에 대한 자신의 주관적 '의견'이다. 따라서 '왜냐하면'이라는 이유 즉, 소주제를 반드시 준비해야 한다. 또한 소주제도 자신의 주관적 '의견'이므로 반드시 '왜냐하면'이라는 이유 즉, 객관적 '사실'에 기반한 근거를 준비해야 한다.[68] 이렇듯 논지, 소주제, 근거 간에 '왜?'와 '왜냐하면'의 관계가 성립하는지 검증하는 것이 논증성 평가이다. [예시-03]과 같이, '밀턴 프리드먼의 주장에

---

67. 자세한 내용은 "4.2. 연관성 평가" 참고.
68. 자세한 내용은 "1.4. 주관적 '의견'과 객관적 '사실'" 참고.

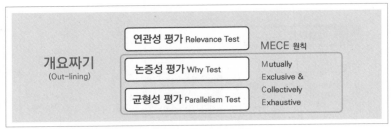

[도표-12. 개요짜기의 핵심]

동의'라는 논지에 대해 "고용 측면, 양극화 해소"라는 소주제는 그 이유가 된다. 또한 "지니계수, 한국은행자료, 소득5분위 배율, 실업률, 청년실업률" 등의 사실에 기반한 근거는 "고용 측면에서 양극화 해소에 도움"이라는 소주제의 이유가 된다.[69]

셋째, 소주제와 소주제 간의 균형성 평가를 수행하라. 3가지 소주제는 각각 논지에 대해 논증성 평가를 통과하는 이유가 되어야 한다. 동시에 3가지 소주제는 서로 간에 그 내용이 대등하고 균형적이어야 하는데, 이것을 검증하는 것이 균형성 평가이다. 만약 소주제를 "책임", "세수", "재정"이라는 3가지 측면으로 나누었다면, "세금 징수를 통한 정부의 수입"[70]인 "세수"는 "정부의 수입과 정부의 지출"[71]을 의미하는 "재정"에 포함되는 개념이어서, "세수"와 "재정"이라는 소주제 간의 균형성이 무너진다. 이에 반해, [예

---

69. 자세한 내용은 "4.3. 논증성 평가" 참고.

70. 국립국어원 표준국어대사전.

71. 국립국어원 표준국어대사전.

시-03]의 "책임", "세수", "고용"이라는 소주제는 서로 간의 균형성 평가를 통과한다.[72] 한편, 'MECE 원칙'을 통해 소주제가 논리적인지 여부를 설명할 수도 있다.[73]

요컨대, 연관성 평가, 논증성 평가, 균형성 평가를 수행하는 3단계 개요짜기는 자연적이고 비논리적이며 파편적인 '생각'을 '논리'라는 인위적인 틀에 집어넣는 과정이다. '논리적 글쓰기'는 그 형식이 '글쓰기'이고 그 본질이 '논리'이다. 따라서 논리를 만드는 과정인 개요짜기가 논리적 글쓰기의 본질이자 핵심이다. 한편, (1) 이해하기, (2) 브레인스토밍하기, (3) 개요짜기의 경우 반드시 추상적 '생각'으로 그리고 (4) 글쓰기와 (5) 검토하기는 반드시 구체적 '표현'으로 각각 구별해서 작업해야만 논리적 글쓰기를 올바르게 할 수 있다.[74] 이에, 생각하기는 3단계 개요짜기에서 완성된다. 4단계 글쓰기는 생각하기를 멈추고 오로지 완성된 생각을 '문장'이라는 구체적 '표현'으로 바꾸는 작업만 하는 것이다.

---

72. 소주제를 좀더 구체화해서 "책임 측면, 재벌 제어", "세수 측면, 복지재원 확보", 그리고 "고용 측면, 양극화 해소"라고 할지라도, 이들 소주제들은 균형성 평가를 통과한다. 한편, 본질적 측면의 균형성 평가 외에 형식적 측면의 균형성 평가도 있다. 각각의 소주제를 담은 본론 문단들의 분량도 동일하게 혹은 비슷하게 유지하는 것이 형식적 측면의 균형성을 지키는 것이다. 자세한 내용은 "3.1. 5-문단 에세이" 및 "4.4. 균형성 평가" 참고.

73. 'Mutually Exclusive & Collectively Exhaustive' 즉, '상호배제와 전체포괄'을 의미하는 'MECE 원칙'은 1960년대 후반 경영컨설팅회사 McKinsey & Company의 Barbara Minto에 의해 제시된 개념이다. See Barbara Minto, *The Pyramid Principle: Logic in Writing and Thinking* (Minto International Inc., 1987).

74. 자세한 내용은 "1.2. 추상적 '생각'과 구체적 '표현'" 참고.

" 개요짜기란 수많은 자연적인 생각을
연관성 평가, 논증성 평가, 균형성 평가라는
검증 도구를 활용하여
논리라는 인위적인 틀에 집어넣는 과정이다. **"**

2.4. 글쓰기

논리적 글쓰기의 네 번째 단계는 글쓰기이다. 글쓰기란 1단계 이해하기, 2단계 브레인스토밍하기, 그리고 3단계 개요짜기를 통해 완성된 (즉, 논리라는 틀에 담긴) 자신의 추상적 '생각'을 문단과 단락이라는 틀에 맞추어 문장이라는 구체적 '표현'으로 바꾸는 과

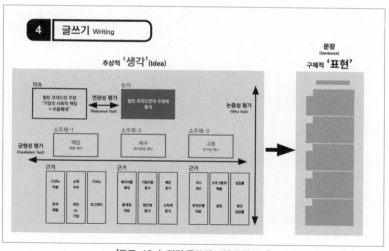

[도표-13. 논리적 글쓰기_4단계 글쓰기]

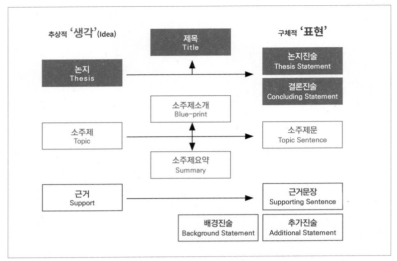

[도표-14. 문장쓰기: 추상적 '생각' → 구체적 '표현']

정 즉, 문장쓰기이다. 주목해야 하는 것은 4단계 글쓰기의 핵심이 '생각하지 않기'라는 점이다. 즉, 글쓰기는 아무 생각 없이 하는 것이다. 생각하기는 반드시 3단계 개요짜기에서 마무리되어야 한다. 따라서 4단계 글쓰기 과정 중에 아무리 좋은 새로운 생각이 떠오르더라도 그것을 미련 없이 버려야 한다.[75] 결국 논리적 글쓰기의 4단계 글쓰기는 다음과 같이 논지, 소주제, 근거를 구체적인 문장으로 바꾸는 것이다.

첫째, 논지를 논지진술과 결론진술로 변경하라. 이슈에 대한

---

75. 4단계 글쓰기의 과정 중 새로운 생각이 떠오르는 것은 2단계 브레인스토밍하기와 3단계 개요짜기가 제대로 완성되지 못했다는 것이다. 따라서 새로운 생각을 과감하게 버리든지 혹은 원고 마감 시간을 연장해서 2단계와 3단계를 다시 해야 한다. 다만, 모든 논리적 글쓰기에는 시간 제한이 있다는 전제 하에 새로운 생각을 과감하게 버릴 것을 1차적으로 권고한다.

자신의 비판적 의견 즉, 논지는 서론에서 논지진술로 그리고 결론에서 결론진술로 각각 문장의 형태로 구체화된다. 비록 논지진술과 결론진술에 담긴 추상적 '생각'은 동일하지만, 구체적 '표현'에 있어서는 서로 간에 다소 변화를 주어야 한다. [예시-04]와 같이, '밀턴 프리드먼의 주장에 동의'라는 논지를 "40년 전 프리드먼의 주장은 신케인스주의 사상이 지배하고 있는 지금의 대한민국에도 여전히 필요한 울림이 큰 외침이다."라는 논지진술과 "1970년 뉴욕타임즈에 기고된 "기업의 사회적 책임은 기업의 이윤확대이다."라는 밀턴 프리드먼의 주장은 오늘날 우리 사회에도 여전히 유효하다."라는 결론진술로 각각 구체화할 수 있다.[76]

둘째, 3가지 소주제를 소주제문으로 각각 변경하라. 예컨대, "책임 측면, 재벌 제어"라는 소주제를 "우선, 책임이라는 측면에서, 밀턴 프리드먼의 주장은 개인의 사회적 책임을 회피하려는 일부 재벌의 시도를 제어하는 데 도움이 된다."라는 소주제문으로 구체화했다. 그리고 "세수 측면, 복지재원 확보"라는 소주제를 "다음으로, 세수라는 측면에서, 밀턴 프리드먼의 주장은 사회복지에 필요한 재원 확보에 도움이 된다."라고 구체화했다. 한편, 논지를 뒷받침하는 3가지 소주제를 서론에서는 "책임, 세수, 고용이라는 측면에서"

---

76. 추상적 '생각'인 논지는 논지진술과 결론진술 이외에 제목(Title)에서도 구체적으로 표현된다. 다만, 문장으로 구체화되는 논지진술·결론진술과는 달리, 제목의 경우 반드시 명사구(Noun-Phrase)의 형식으로 구체화되어야 한다. 자세한 내용은 "3.2. 제목과 연결어" 참고.

라는 소주제소개[77]로 그리고 결론에서는 "책임, 세수, 그리고 고용이라는 측면에서 앞서 살펴본 바와 같이"라는 소주제요약[78]으로 각각 구체화했다.

셋째, 다양한 근거를 근거문장으로 각각 변경하라. [예시-04]에서는, "지니계수"와 "한국은행자료"라는 근거를 "한국은행 자료에 따르면, 소득기준 지니계수는 2016년 0.402에서 2017년 0.406으로 악화되었다."라고 구체화했다. 또한 "실업", "실업률" 및 "청년실업률"이라는 근거를 "실업률은 2013년 3.2%에서 2014년 3.6%, 2015년 3.7%, 2016년 3.8%, 2017년 3.8%, 2018년 3.8%로 점차 악화되었다. 청년실업의 경우 2013년 8.0%, 2014년 9.0%, 2015년 9.1%, 2016년 9.8%, 2017년 9.8%로 더욱 심각하다. 양질의 일자리를 창출하는 것은 기업이다. 따라서 기업의 이윤증가는 투자확대 및 고용증대로 이어지고, 결국 양극화의 문제도 개선될 것이다."라고 구체화했다.

요컨대, 논리적 글쓰기의 4단계 글쓰기는 논지를 논지진술과 결론진술로, 소주제를 소주제문으로, 근거를 근거문장으로 각각 구체화하는 과정이다. 즉, 추상적 '생각'을 문장 형식의 구체적 '표현'

---

77. 영어 'Blue-print'의 사전적 의미는 '디자인 계획 혹은 다른 기술적 도면'(design plan or other technical drawing)이다. 예컨대, 실제 건축 공사에 앞서 향후 건축물이 어떻게 지어질지 미리 그린 건축도면이 Blue-print이다. 따라서, 논리적 글쓰기에서 말하는 서론의 소주제소개(Blue-print)란 이것만 봐도 향후 본론에서 논리 전개가 어떻게 진행될 것인지 글의 전체적인 뼈대와 방향성을 미리 보여주는 것이다.

78. 결론의 소주제요약(Summary)이란 지금까지 본론에서 논리 전개가 어떻게 진행되어 왔었는지 다시 한번 한눈으로 보여주는 것이다.

으로 바꾸는 것이다. 이에 더해, 배경진술을 서론에 추가진술을 결론에 각각 작성한다. 자신의 논지를 돋보이게 하기 위해 논쟁의 대상 즉, 이슈를 더 잘 드러낼수록 더 좋은 배경진술이 된다. 결국, 논지 제시 전 독자의 관심을 불러일으키는 것이 그 목적이다. 한편, 결론에서 소주제요약과 결론진술을 제시함으로써, 논지를 논리에 담아 전달하는 논리적 글쓰기는 본질적으로 끝난다. 그러나 글의 자연스러운 마무리를 위해 추가진술을 덧붙인다. 다만, 추가진술이 앞서 제시된 자신의 주장을 부정할 수는 없다.

[예시-04. 논리적 글쓰기_4단계 글쓰기]

21세기 대한민국에 필요한 밀턴 프리드먼의 울림 있는 외침
: "기업의 사회적 책임은 이윤확대"

'CSRs' 즉, '기업의 사회적 책임'(Corporate Social Responsibilities)은 21세기를 살아가는 우리에게 매우 익숙한 표현이다. 감히 누가 사회적 책임의 중요성을 부정할 수 있을까? 그러나 한가지 주의해야 할 점은 '사회적 책임의 주체가 과연 누구인가?'라는 문제이다. 1976년 노벨경제학상 수상자인 시카고대학교 밀턴 프리드먼 교수는 "기업의 사회적 책임은 기업의 이윤확대이다."라는 매우 논쟁적인 글을 1970년 9월 13일자 뉴욕타임즈에 기고했다. 시장과 기업에 대한 정부의 규제와 간섭을 주창하는 케인스주의 사상이 지배했던 당시의 시대 상황을 고려하면, 프리드먼의 주장은 매우 도발적이었음이 분명하다. 책임, 세수, 고용이라는 측면에서, 40년 전 프리드먼의 주장은 신케인스주의 사상이 지배하고 있는 지금의 대한민국에도 여전히 필요한 울림이 큰 외침이다.

우선, 책임이라는 측면에서, 밀턴 프리드먼의 주장은 개인의 사회적 책임을 회피하려는 일부 재벌의 시도를 제어하는 데 도움이 된다. 기업의 주인인 주주와는 분리된 전문경영인이 경영하는 오늘날 주식회사의 경우 CSRs이라는 개념이 오히려 악용될 가능성이 있다. 예컨대, 모 재벌의 최대주주(5% 지분)인 회장이 CSRs의 일환으로 개인 돈이 아닌 회사 돈 1조원을 기부했다고 가정하자. 이것은 회장이 개인적으로 감당해야 할 개인의 사회적 책임을 회피한 것이다. 또한 이 기부는 이에 동의하지 않는 다수 소액주주들의 이익을 침해한 것이다. 결국 사회적으로 선한 행동을 할 책임은 기업이 아니라 개별 개인에게 있다. 이에 컬럼비아대학교 바그와티 교수는 CSRs이 아닌 '개인의 사회적 책임'(Personal Social Responsibilities) 즉, 'PSRs'이라는 개념을 제시하기도 했다.

다음으로, 세수라는 측면에서, 밀턴 프리드먼의 주장은 사회복지에 필요한 재원 확보에 도움이 된다. 한국의 경우 사회복지에 사용되는 재정은 해마다 지속적으로 증가하고 있다. 통계청 자료에 따르면, 2015년 116조원에 달했던 복지지출이 2016년 123조원, 2017년 129조원, 2018년 145조원 그리고 2019년에는 161조원로 증가했다. 한편, 기업이 이윤확대를 위해 노력하면 그만큼 더 많은 세금을 납부하게 된다. 기업의 이윤증가는 직접적으로 법인세 증가로 이어진다. 2015년 법인세가 45조원 걷혔고, 2016년에는 52.1조원, 2017년에는 59.2조원, 2018년에는 70.9조원, 2019년에는 79.3조원으로 증가했다. 또한 기업의 이윤은 배당으로 주주에게 넘어가 간접적으로 소득세의 증가로 이어진다. 이렇듯 기업의 이윤확대는 사회복지에 필요한 재원 확보에 큰 도움이 된다.

이에 더해, 고용이라는 측면에서, 밀턴 프리드먼의 주장은 양질의 일자리 창출을 통한 양극화 문제의 해결에 도움이 된다. 한국은행 자료에 따르면, 소득기준 지니계수는 2016년 0.402에서 2017년 0.406으로 악화되었다. 또한 상위 20% (5분위) 소득을 하위 20% (1분위) 소득으로 나눈 값인 소득 5분위 배율도 2016년 6.98에서 2017년 7.00으로 악화되었다. 이러한 양극화의 근본 원인이 실업이다. 실업률은 2013년 3.2%에서 2014년 3.6%, 2015년 3.7%, 2016년 3.8%, 2017년 3.8%, 2018년 3.8%로 점차 악화되었다. 청년실업의 경우 2013년 8.0%, 2014년 9.0%, 2015년 9.1%, 2016년 9.8%, 2017년 9.8%로 더욱 심각하다. 양질의 일자리를 창출하는 것은 기업이다. 따라서 기업의 이윤증가는 투자확대 및 고용증대로 이어지고, 결국 양극화의 문제도 개선될 것이다.

요컨대, 책임 세수 그리고 고용이라는 측면에서 앞서 살펴본 바와 같이, 1970년 뉴욕타임즈에 기고된 "기업의 사회적 책임은 기업의 이윤확대이다."라는 밀턴 프리드먼의 주장은 오늘날 우리 사회에도 여전히 유효하다. 애덤 스미스의 자유주의 사상에 철학적 기반을 둔 밀턴 프리드먼은 2차 세계대전 이후 주류 경제학의 중심에 서 있던 존 메이나드 케인스에게 반기를 들었다. 밀턴 프리드먼은 시장실패, 정부개입, 기업규제 등을 강조하는 케인스주의가 자본주의와 민주주의를 파괴한다고 염려했다. 이에 그는 1960-1970년대 케인스주의로부터 미국이라는 자유사회를 지키고자 노력했다. 뉴욕타임즈 기고문이 그 노력 중 하나였다. 밀턴 프리드먼의 주장은 2008년 글로벌 금융 위기 이후 신케인스주의가 지배하고 있는 오늘날 대한민국에 절실하게 필요한 여전히 울림이 큰 외침이다.

" 검토하기란 자신의 추상적 '생각'을
문장이라는 구체적 '표현'으로 바꾸었던
4단계 글쓰기의 과정 중 발생한
오류를 찾아내어 수정하는 작업이다. "

2.5. 검토하기

논리적 글쓰기의 다섯 번째 단계는 검토하기이다. 검토하기란 자신의 추상적 '생각'을 문장이라는 구체적 '표현'으로 바꾸었던 4단계 글쓰기의 과정 중 발생한 오류를 찾아내어 수정하는 작업이다. 4단계 글쓰기와 마찬가지로 5단계 검토하기의 핵심 또한 '생각하지 않기'이다. 왜냐하면 '생각'에 대한 검토와 수정은 3단계 개요짜기에서 최종적으로 완성되어야 하기 때문이다.[79] 따라서 5단계

	비교		도구	대상	목표
3	개요짜기 Out-lining		연관성 평가 논증성 평가 균형성 평가	추상적 '생각'	생각의 논리
5	검토하기 Proof-reading		문법 (언어능력)	구체적 '표현' 문장	문장의 온전함

[도표-15. 개요짜기와 검토하기 비교]

---

79. 자세한 내용은 "2.3. 개요짜기" 참고.

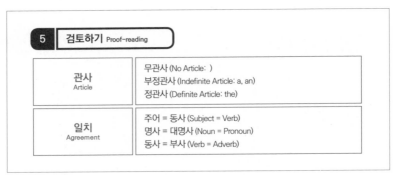

5	검토하기 Proof-reading	
관사 Article	무관사 (No Article:) 부정관사 (Indefinite Article: a, an) 정관사 (Definite Article: the)	
일치 Agreement	주어 = 동사 (Subject = Verb) 명사 = 대명사 (Noun = Pronoun) 동사 = 부사 (Verb = Adverb)	

[도표-16. 논리적 글쓰기_5단계 검토하기_영어]

검토하기는 원칙적으로 문법[80]이라는 도구를 활용하여 오로지 자신이 쓴 '문장'에 문법적 오류가 있는지 여부를 검증함으로써, '문장의 문법적 온전함'을 확보하는 것이 목표이다. 다만, 논리적 글쓰기를 영어로 할지 혹은 한국어로 할지에 따라서, 다음과 같이 주목해야 하는 지점에 다소 차이가 있다.

우선, 한국어가 모국어인 사람이 영어로 논리적 글쓰기를 하면, 관사Article에 주목해야 한다. 관사는 한국어에 없는 개념이다. 따라서 한국인의 경우 자연적 '습득'이 아닌 인위적 '학습'을 통해 관사를 이해해야 한다. 관사를 올바르게 활용하려면 관사 뒤에 있는 명사Noun에 대해 다음 2가지 질문을 던져야 한다. (1) "Defined?" 즉, 명사의 의미가 특별하게 한정되었는지 여부이다.

---

80. 모국어로 논리적 글쓰기를 하는 경우에도 검토하기의 주요 도구는 문법(Grammar)이다. 다만, 자연스럽게 습득한 '문장으로 의사소통할 수 있는 능력' 즉, 언어능력(Linguistic Competence)이 보조적 도구로 활용될 수는 있다. 문법과 언어능력 관련 자세한 내용은 "1.2. 추상적 '생각'과 구체적 '표현'" 및 "1.3. 영어능력의 발전단계" 참고.

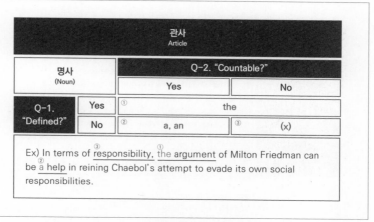

관사 Article			
명사 (Noun)		**Q-2. "Countable?"**	
		Yes	No
Q-1. **"Defined?"**	Yes	① the	
	No	② a, an	③ (x)

Ex) In terms of responsibility,③ the① argument of Milton Friedman can be a② help in reining Chaebol's attempt to evade its own social responsibilities.

[예시-05. 관사(Article) 관련 2가지 질문]

일단 이 질문에 대한 대답이 "Yes"라면 정관사the[81] 즉, 명사의 의미
가 정해진 관사를 사용한다. 한편, 대답이 "No"라면 두 번째 질문
으로 넘어간다. (2) "Countable?" 즉, 명사의 수Number를 셀 수 있
는지 여부이다. 이 질문에 대한 대답이 "Yes"라면 부정관사a, an[82]를
사용하고 "No"라면 관사를 사용하지 않는다.

    이에 더해, 한국어가 모국어인 사람이 영어로 논리적 글쓰기
를 하면, 일치Agreement에 주목해야 한다. 일치의 개념이 한국어에

---

81. 정관사(Definite Article)의 사전적 의미는 "명사 앞에 붙어서 지시나 한정의 뜻을 나타내는 관사"이다. 좀더
정확하게 설명하면, 이미 이전에 고려된 무엇으로 해당 명사를 특정할 때 명사 앞에 정관사를 사용한다. 국립국어원
표준국어대사전 및 Cambridge Dictionary.

82. 부정관사(Indefinite Article)의 사전적 의미는 "명사가 불특정 사물을 나타내는 경우 앞에 덧붙여지는
관사"이다. 좀더 정확하게 설명하면, 명사의 의미가 특정되지 않고 일반적이거나 명사의 정체성이 알려지지 않은
경우 부정관사를 사용한다. 다만, 명사가 복수형태(Plural)로 사용될 경우 비록 셀 수 있는 명사일지라도 부정관사를
사용하지 않는다. 국립국어원 표준국어대사전 및 Cambridge Dictionary.

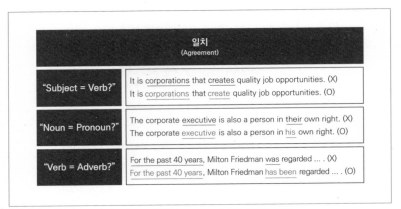

[예시-06. 일치(Agreement) 관련 3가지 질문]

없는 것은 아니다. 다만, 한국어와 비교해 영어는 일치의 개념이 매우 엄격하게 적용되기에, 반드시 다음 3가지를 검토해야 한다. (1) "Subject = Verb?" 즉, 주어와 동사 간의 단수·복수가 일치하는지 여부이다. 원칙적으로 한 문장에는 하나의 주어와 하나의 동사가 있어야 하고, 이 둘은 일치해야 한다. (2) "Noun = Pronoun?" 즉, 명사와 대명사 간의 단수·복수 및 남성·여성·중성이 일치하는지 여부이다. (3) "Verb = Adverb?" 즉, 동사와 시간을 표현하는 부사 간의 시제가 일치하는지 여부이다. 한국어와 달리, 영어의 '수', '성' 및 '시제' 일치는 매우 엄격하게 적용된다.

한편, 한국어가 모국어인 사람이 한국어로 논리적 글쓰기를 하면, [예시-07]과 같은 '한국인이 자주 틀리는 맞춤법'에 주목해야 한다. 앞서 언급한 바와 같이, 한국어의 경우 관사는 아예 없고, 수와 시제는 그 엄격함이 매우 약한 편이다. 단지, 하나의 주어와 하

한국인이 자주 틀리는 맞춤법			
몇일 (X) 며칠 (O)	안 되 (X) 안 돼 (O)	않하고 (X) 안하고 (O)	금새 (X) 금세 (O)
오랫만에 (X) 오랜만에 (O)	돼었다 (X) 되었다 (O)	(병이) 낳았다 (X) (병이) 나았다 (O)	어떻해 (X) 어떡해 (O)
불리우다 (X) 불리다 (O)	어의없다(X) 어이없다(O)	웬지 (X) 왠지 (O)	(담배를) 피다 (X) (담배를) 피우다 (O)

[예시-07. 한국인이 자주 틀리는 맞춤법]

나의 동사를 하나의 문장에 집어넣는 것을 어려워하는 경우가 적지 않으니, 이에 주의해야 한다. 특히 한 문장의 길이가 길어질수록 주어와 동사의 일치가 깨어지는 경우가 많다.[83] 따라서 하나의 주어와 하나의 동사라는 원칙에 충실하며 문장을 가급적 짧게 쓰는 연습을 해야 한다. 더불어 '한국인이 자주 틀리는 맞춤법'이라는 제목 하에 틀린 어휘를 정리해 놓은 책, 기사, 인터넷자료 등이 많으니 관련 내용의 학습을 권고한다.[84]

요컨대, 논리적 글쓰기의 5단계 검토하기는 추상적 '생각'을 문장으로 구체화했던 4단계 글쓰기 과정의 오류를 찾아내어

---

83. 이런 현상은 '논리적 글쓰기'보다 '논리적 말하기'에서 훨씬 더 빈번하게 발생한다. 논리적 글쓰기의 경우 5단계 검토하기를 통해 수정의 과정을 반드시 거치지만, '논리적 말하기'의 경우 상대적으로 '즉흥성'이 더 높아서 검토하기의 과정을 거치지 못하기 때문이다.

84. 김남미, 『100명 중 98명이 틀리는 한글 맞춤법』(서울: 나무의철학, 2013) 및 박태하, 『책 쓰자면 맞춤법』(서울: xbooks, 2015) 참고.

개선하는 것이다. 즉, 아무 생각없이 그저 기계적으로 문장의 문법적 오류만을 검증하면 된다. 영어의 경우 (1) "Defined?"와 (2) "Countable?"이라는 2가지 질문을 통해 관사의 정확한 사용 여부를, 그리고 (1) "Subject = Verb?", (2) "Noun = Pronoun?", (3) "Verb = Adverb?"라는 3가지 질문을 통해 일치 여부를 꼼꼼하게 검토해야 한다. 한국어의 경우 하나의 주어와 하나의 동사라는 원칙에 충실하며 가급적 문장을 짧게 쓰고, '한국인이 자주 틀리는 맞춤법'을 중심으로 전반적인 문장의 오류를 검토해야 한다. 철자의 오류와 오타를 수정하는 것 또한 검토하기의 당연한 대상이다.

"   서론, 본론, 결론으로 구성된
     5-문단 에세이의 형식은
     논리를 이해하고 연습하기에
     너무나도 효과적인 도구이다. "

제3장

논리적
글쓰기의 형식

3.1. 5-문단 에세이

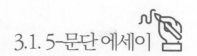

　한국어 '에세이'의 사전적 의미는 "일정한 형식을 따르지 않고 인생이나 자연 또는 일상생활에서의 느낌이나 체험을 생각나는 대로 쓴 산문 형식의 글"[85]이다. 즉, '에세이'는 '형식이 없고' 그저 '생각나는 대로'[86] 쓰는 수필[87]이다. 이에 반해, 영어 Essay는 논란이 있는 주제에 대한 자신의 비판적 의견을 논리라는 틀에 담아 전달해서 독자로 하여금 자신의 생각에 동의하도록 만드는 글이다.[88] 즉, 논쟁의 대상인 이슈에 대한 논지를 논리라는 틀에 담는 논리적 글쓰기가 Essay이다. 이렇듯 수필을 의미하는 한국어 '에세이'와

---

85. 국립국어원 표준국어대사전.

86. "제2장 논리적 글쓰기의 5단계"에서 여러 차례 설명한 바와 같이, 자연스러운 인간의 생각은 결코 논리적이지 않다. 따라서 자연스러운 인간의 생각을 '논리'라는 인위적인 틀에 담기 위해 개요짜기 즉, (1) 연관성 평가, (2) 논증성 평가, (3) 균형성 평가를 수행하는 것이다.

87. '수필'의 사전적 의미는 "일정한 형식을 따르지 않고 인생이나 자연 또는 일상생활에서의 느낌이나 체험을 생각나는 대로 쓴 산문 형식의 글"이다. 즉, 에세이와 수필의 정의가 동일하다. 국립국어원 표준국어대사전.

88. 이상혁, *supra* note 24, pp. 44-54.

Essay vs. 에세이

	형식 유무	글의 내용	전개 방식
에세이	일정한 형식 없이	일상의 느낌과 체험	생각나는 대로
Essay	특정한 형식에 맞추어	이슈에 대한 논지Thesis	논리Logic적으로

[도표-17. 한국어 '에세이'와 영어 Essay 비교]

영어 Essay는 전혀 다른 것이다.[89] 다만, 이러한 잘못된 표현이 한 국인들의 논리적 글쓰기에 심각한 걸림돌이 되고 있는 현실이 안타 까울 따름이다.

논리적 글쓰기의 형식적 출발점은 '서본결' 구조의 '5-문단 에세이'이다.[90] '서론(1문단)-본론(3문단)-결론(1문단)'으로 구성된 '5-문단 에세이'의 형식은 논지를 논리에 담는 논리적 글쓰기에 매 우 유용하다. [도표-18]과 같이, '직선적 사고패턴'을 가지고 있는 영어를 모국어로 사용하는 사람들과 달리, '결론을 먼저 그리고 직 접적으로 말하기' 혹은 '자신의 의견을 분명하게 제시하기'에 익숙

---

89. 한국문학평론가협회에 따르면, 에세이의 종류를 에세이와 미셀러니(Miscellany), 혹은 공식적(Formal) 에세이와 비공식적(Informal) 에세이로 나누고, 전자는 지적·객관적·논리적이며 후자는 감성적·주관적·개인적이라고 설명한다. 다만, 이러한 설명이 논리적 글쓰기라는 측면에서 한국어 '에세이'라는 표현이 만들어 낸 혼란을 제거하지는 못한다. 따라서 '논리적 글쓰기'라는 측면에서만 보면, '에세이'라는 표현을 버리고 오직 '수필' 혹은 '미셀러니'라고 표현하는 것이 바람직하다. 네이버 문학비평용어사전.

90. '5-문단 에세이'(Five Paragraph Essay)는 그 구조적 특징 때문에 '햄버거 에세이'(Hamburger Essay), '1-3-1 에세이'(One Three One Essay), '3 단계 에세이'(Three-tier Essay) 등으로 불리기도 한다. '5-문단 에세이'에 대한 보다 일반적인 이해를 위해서는 Edward Alcott-White, *The Five-Paragraph Essay: Instructions and Exercises for Mastering Essay Writing* (Scholar's Shelf Press, 2018) 참고.

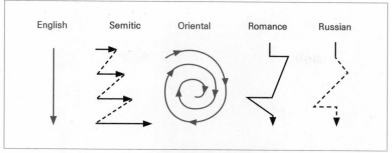

English   Semitic   Oriental   Romance   Russian

[도표-18. 문화에 따른 사고패턴의 차이]

하지 않은 전통적인 동양인(특히, 한국인)[91]에게 '5-문단 에세이'의
형식은 논리를 이해하고 연습하기에 효과적인 도구이다. 즉, 서론
에서 논지진술과 소주제소개로 글 전체의 결론과 흐름을 먼저 보여
주고, 본론에서 그 이유를 하나씩 풀어내고, 결론에서 결론진술과
소주제요약으로 글 전체를 다시 보여준다.

 '5-문단 에세이'의 형식은 [도표-19]와 같다. '가운데정렬'된
제목이 있고, 한 줄 띄우고 '좌우정렬'된 5개 문단이 나온다. 각 문
단은 '들여쓰기'를 하고, 문단과 문단 간에는 한 줄 띄우기를 하지
않는 것이 원칙이다. 다만, 최근 인터넷 상에 글쓰기가 활발해져서,
들여쓰기를 하지 않는 대신 문단과 문단 간에 한 줄 띄우기를 하는

---

91. Robert B. Kaplan, "Cultural Thought Patterns in Inter-cultural Education", *Language Learning*, Vol. 16
(1-2) (1966), pp. 1-20. 예컨대, 영어와 한국어의 문장구조 차이를 살펴보면 이러한 사고패턴의 차이를 보다 쉽게
이해할 수 있다. 영어의 경우 결론·의견이 담기는 동사(Verb)가 주어(Subject) 바로 다음에 나오고 그 후에 설명이
뒤따른다. 이에 반해, 한국어의 경우 주어가 먼저 나오고 나머지 모든 설명이 붙은 후 제일 마지막에 결론·의견이
담긴 동사가 위치한다. 따라서 영어를 모국어로 사용하는 사람들은 결론이 나오고 이유·설명이 뒤따른 것(예컨대,
좋아! 왜냐하면 ……)을, 그리고 한국어를 모국어로 사용하는 사람들은 이유·설명이 먼저 나오고 결론이 제일 마지막에
나오는 것(예컨대, …… 그래서 좋아)을 각각 조금 더 편안하고 자연스럽게 받아들인다.

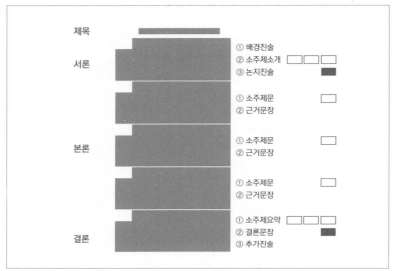

[도표-19. '5-문단 에세이'의 형식]

등 일부 변형이 예외적으로 인정된다. 한편, 5개 문단 간에는 형식적 측면의 균형성이 유지되어야 한다. 즉, [예시-08]과 같이, 각 문단의 분량이 너무 달라 그 형식적 균형이 무너지면 안 된다.[92] 서론에는 배경진술, 소주제소개, 논지진술이, 본론의 각 문단에는 소주제문과 근거문장이, 그리고 결론에는 소주제요약, 결론진술, 추가진술이 각각 있어야 한다.

물론 '5-문단 에세이'에 대한 여러 가지 문제 제기가 있는 것 또한 사실이다. 누군가는 '5-문단 에세이'가 너무 단순하고 기계적

---

92. 본론의 3개 문단은 서로 간에 본질적 측면의 균형성 평가와 형식적 측면의 균형성 평가를 모두 통과해야 한다. 본질적 측면의 균형성 평가 관련 자세한 내용은 "2.3. 개요짜기"와 "4.4. 균형성 평가" 참고.

이어서 현실에서 사용하기에 부적절한 형식이라고 비난하고,[93] 또 다른 누군가는 그 나름의 장점은 인정하지만 이제 글쓰기의 새로운 대안을 찾아야 한다고 비판한다.[94] 논리적 글쓰기라는 측면에서 이미 '5-문단 에세이'의 효용을 충분히 누린 사람들이 주로 이러한 비난과 비판을 제기한다. 아무런 형식 즉, '격'을 갖추지 못한 '무격'의 상태에서 출발해 이제 충분히 '격' 혹은 '격식'을 갖추었으니, 그 격을 뛰어넘는 '파격'을 주장하는 것이다.[95] 다만, 논리적 글쓰기

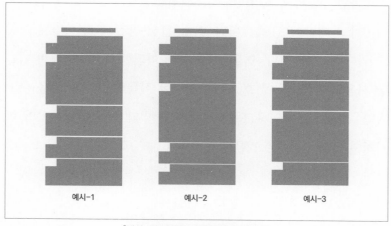

예시-1   예시-2   예시-3

[예시-08. 형식적 균형성이 무너진 글]

93. See Wayne C. Booth and *et al., The Craft of Research*, 4th Edition (Chicago Guides to Writing, Editing, and Publishing), (Chicago, IL: University of Chicago Press, 2016).

94. See Kimberly Hill Campbell and Kristi Latimer, *Beyond the Five Paragraph Essay* (Portland, ME: Stenhouse Publishers, 2012).

95. 비유하자면, 서구 사회가 '전근대사회'(Pre-modern Society)를 지나 철저한 '근대화'(Modernization)를 통해 '근대사회'(Modern Society)의 극단에 도달하게 되자, 근대를 뛰어넘는 '탈근대주의'(Post-modernism) 혹은 '해체주의'(Deconstructionism)의 주장이 제기되었다. 문제는 아직 근대화도 제대로 완성하지 못한 상태에서 탈근대화와 근대의 해체를 주장하는 것은 논쟁의 맥락을 전혀 이해하지 못했다는 것이다. 따라서, 아직 논리적 글쓰기의 기본적인 '틀', '형식' 혹은 '격'도 갖추지 못한 상황에서 '틀의 해체', '형식의 해체' 혹은 '파격'을 주장하는 것은 결코 바람직하지 않다.

의 '격'을 설명하고자 하는 이 책의 목적 상 '파격'에 대한 논의는 일단 뒤로 미루도록 하겠다.[96]

요컨대, '서론-본론-결론'으로 구성된 '5-문단 에세이'는 논리적 글쓰기에 유용한 형식을 제공해 준다. 물론, 이외에도 다양한 글쓰기 형식이 있다. 예컨대, 중국의 전통적 한시 작성법에서 기원한 '기-승-전-결'의 형식과 이것을 소설이나 희곡의 창작에 응용한 '서론-설명-증명-결론'의 형식이 있다.[97] 또한 독일의 극작가이자 소설가인 구스타프 프라이탁이 스토리텔링의 방법으로 제시한 '프라이탁의 피라미드' 즉, '발단-전개-절정-반전-파국'이라는 형식도 있다.[98] 소설, 영화, 연극, 연설 등에 이러한 스토리텔링 방법을 잘 사용하면, '감성'에 호소하는 강력한 설득의 효과를 얻을 수도 있다. 그럼에도 불구하고, '5-문단 에세이'가 논리적 글쓰기의 형식적 출발점이 된다는 점은 분명하다.

---

96. 자세한 내용은 "6.1. 무격, 격, 그리고 파격" 참고.

97. 네이버 문학비평용어사전.

98. See Gustav Freytag, *Freytag's Technique of Drama: An Exposition of Dramatic Composition and Art* (London: Forgotten Books, 2012).

3.2. 제목과 연결어

논리적 글쓰기의 형식이라는 측면에서 글의 '제목Title'과 '연결어Connective'는 매우 중요하다. 앞서 설명한 바와 같이, 논리적 글쓰기의 본질적 요소는 논지와 논리이다. 따라서 글을 꼼꼼하게 읽기 전에, [예시-09]에서 강조된 제목과 연결어만 보아도 글 전체의 핵심이 한눈에 보여야 한다. 왜냐하면 논쟁의 대상인 이슈에 대한 자신의 비판적 의견 즉, 논지를 담고 있는 것이 제목이고, 논리 전개의 방향 혹은 논리적 흐름을 보여주는 것이 연결어이기 때문이다. 다시 말해, 제목과 연결어만 보아도 논리적 글쓰기의 핵심 요소인 논지와 논리가 어느 정도 파악되기 때문이다. 지금부터 제목의 본질과 형식, 그리고 연결어와 논리적 흐름[99]을 중심으로 논리적 글쓰기의 기본 형식을 좀더 깊이 있게 분석해 보겠다.

---

99. 자세한 내용은 "4.1. 논리적 흐름" 참고.

21세기 대한민국에 필요한 밀턴 프리드먼의 울림 있는 외침
: "기업의 사회적 책임은 이윤확대"

'CSRs' 즉, '기업의 사회적 책임'(Corporate Social Responsibilities)은 21세기를 살아가는 우리에게 매우 익숙한 표현이다. 감히 누가 사회적 책임의 중요성을 부정할 수 있을까? 그러나, 한가지 주의해야 할 점은 '사회적 책임의 주체가 과연 누구인가?'라는 문제이다. 1976년 노벨경제학상 수상자인 시카고대학교 밀턴 프리드먼 교수는 "기업의 사회적 책임은 기업의 이윤확대이다."라는 매우 논쟁적인 글을 1970년 9월 13일자 뉴욕타임즈에 기고했다. 시장과 기업에 대한 정부의 규제와 간섭을 주창하는 케인스주의 사상이 지배했던 당시의 시대 상황을 고려하면, 프리드먼의 주장은 매우 도발적이었음이 분명하다. 책임, 세수, 고용이라는 측면에서, 40년 전 프리드먼의 주장은 신케인스주의 사상이 지배하고 있는 지금의 대한민국에도 여전히 필요한 울림이 큰 외침이다.

우선, 책임이라는 측면에서, 밀턴 프리드먼의 주장은 개인의 사회적 책임을 회피하려는 일부 재벌의 시도를 제어하는 데 도움이 된다. 기업의 주인인 주주와는 분리된 전문경영인이 경영하는 오늘날 주식회사의 경우 CSRs이라는 개념이 오히려 악용될 가능성이 있다. 예컨대, 모 재벌의 최대주주(5% 지분)인 회장이 CSRs의 일환으로 개인 돈이 아닌 회사 돈 1조 원을 기부했다고 가정하자. 이것은 회장이 개인적으로 감당해야 할 개인의 사회적 책임을 회피한 것이다. 또한 이 기부는 이에 동의하지 않는 다수 소액주주들의 이익을 침해한 것이다. 결국 사회적으로 선한 행동을 할 책임은 기업이 아니라 개별 개인에게 있다. 이에 컬럼비아대학교 바그와티 교수는 CSRs이 아닌 '개인의 사회적 책임'(Personal Social Responsibilities) 즉, 'PSRs'이라는 개념을 제시하기도 했다.

다음으로, 세수라는 측면에서, 밀턴 프리드먼의 주장은 사회복지에 필요한 재원 확보에 도움이 된다. 한국의 경우 사회복지에 사용되는 재정은 해마다 지속적으로 증가하고 있다. 통계청 자료에 따르면, 2015년 116조원에 달했던 복지지출이 2016년 123조원, 2017년 129조원, 2018년 145조원 그리고 2019년에는 161조원로 증가했다. 한편, 기업이 이윤확대를 위해 노력하면 그만큼 더 많은 세금을 납부하게 된다. 기업의 이윤증가는 직접적으로 법인세 증가로 이어진다. 2015년 법인세가 45조원 걷혔고, 2016년에는 52.1조원, 2017년에는 59.2조원, 2018년에는 70.9조원, 2019년에는 79.3조원으로 증가했다. 또한 기업의 이윤은 배당으로 주주에게 넘어가 간접적으로 소득세의 증가로 이어진다. 이렇듯 기업의 이윤확대는 사회복지에 필요한 재원 확보에 큰 도움이 된다.

이에 더해, 고용이라는 측면에서, 밀턴 프리드먼의 주장은 양질의 일자리 창출을 통한 양극화 문제의 해결에 도움이 된다. 한국은행 자료에 따르면, 소득기준 지니계수는 2016년 0.402에서 2017년 0.406으로 악화되었다. 또한 상위 20% (5분위) 소득을 하위 20% (1분위) 소득으로 나눈 값인 소득 5분위 배율도 2016년 6.98에서 2017년 7.00으로 악화되었다. 이러한 양극화의 근본 원인이 실업이다. 실업률은 2013년 3.2%에서 2014년 3.6%, 2015년 3.7%, 2016년 3.8%, 2017년 3.8%, 2018년 3.8%로 점차 악화되었다. 청년실업의 경우 2013년 8.0%, 2014년 9.0%, 2015년 9.1%, 2016년 9.8%, 2017년 9.8%로 더욱 심각하다. 양질의 일자리를 창출하는 것은 기업이다. 따라서 기업의 이윤증가는 투자확대 및 고용증대로 이어지고, 결국 양극화의 문제도 개선될 것이다.

요컨대, 책임, 세수, 그리고 고용이라는 측면에서 앞서 살펴본 바와 같이, 1970년 뉴욕타임즈에 기고된 "기업의 사회적 책임은 기업의 이윤확대이다."라는 밀턴 프리드먼의 주장은 오늘날 우리 사회에도 여전히 유효하다. 애덤 스미스의 자유주의 사상에 철학적 기반을 둔 밀턴 프리드먼은 2차 세계대전 이후 주류 경제학의 중심에 서 있던 존 메이나드 케인스에게 반기를 들었다. 밀턴 프리드먼은 시장실패, 정부개입, 기업규제 등을 강조하는 케인스주의가 자본주의와 민주주의를 파괴한다고 염려했다. 이에 그는 1960-1970년대 케인스주의로부터 미국이라는 자유사회를 지키고자 노력했다. 뉴욕타임즈 기고문이 그 노력 중 하나였다. 밀턴 프리드먼의 주장은 2008년 글로벌 금융 위기 이후 신케인스주의가 지배하고 있는 오늘날 대한민국에 절실하게 필요한 여전히 울림이 큰 외침이다.

우선, 제목의 본질은 논지를 드러내는 것이다. 만약 밀턴 프리드먼 교수가 [지문-1]에 발췌된 글의 제목[100]을 "The Social Responsibility of Business" 혹은 요즘 표현으로 "CSRs Corporate Social Responsibilities"이라고 변경했으면 어떨까? 이것은 명백하게 틀린 제목이다. 왜냐하면 변경된 제목은 그저 논쟁의 대상인 '이슈'를 보여줄 뿐, 이슈에 대한 저자의 '논지'를 전혀 보여주지 못하기 때문이다. 한편, 논리적 글쓰기를 한 후 제목 없이 끝내는 경우도 종종 있다. 그 중 일부는 문학작품,[101] 음악,[102] 미술작품[103] 등에 '무제',

100. Milton Friedman, *supra* note 52.

101. 너무나도 유명한 윤동주 시인의 소위 '서시'라고 알려진 시도 사실은 제목이 없는 무제시이다. 자세한 내용은 이복규, "윤동주의 이른바 '서시'의 제목 문제", 한국문학논총 제61집 (August 2012), pp. 353-385 참고.

102. 예컨대, G-Dragon, "무제(無題, Untitled)" (2014), https://www.youtube.com/watch?v=9kaCAbIXuyg, accessed June 2021 참고.

103. 예컨대, 조성묵, "무제" (1972), https://www.mmca.go.kr/collections/collectionsDetail.do?&wrkMngNo=SC-07808, accessed June 2021 참고.

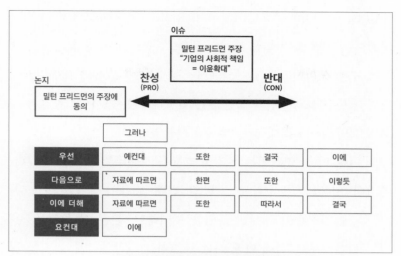

[예시-10. 제목, 연결어, 그리고 논리적 흐름]

'제목 없음', 'Untitled'라고 이름을 붙이는 트랜드에 편승한 것이
다. 그러나 논지와 논리를 핵심으로 하는 논리적 글쓰기에서는 원
칙적으로 제목을 생략할 수 없다.

다음으로, 제목의 형식은 '가운데정렬'된 명사구이다. 논리
적 글쓰기의 핵심 요소인 논지는 서론의 논지진술과 결론의 결론
진술로 변경되는데, 각각 '좌우정렬'된 문장의 형식으로 구체화된
다. 동시에 논지는 제목으로 변경되는데, '가운데정렬'된 명사구의
형식으로 구체화된다. 예컨대, 밀턴 프리드먼이 쓴 글의 제목은 문
장[104]이기 때문에 형식적 개선이 필요하다. 만약 "To Increase Its

---

104. Milton Friedman, *supra* note 52.

Profits, the Only Social Responsibility of Business"라는 명사구로 수정하면 좀더 좋은 제목이 된다. 한편, 콜론(:)을 활용하여 제목에 부제를 더하기도 한다. [예시-09]에서는 "21세기 대한민국에 필요한 밀턴 프리드먼의 울림있는 외침"이라는 제목에 "기업의 사회적 책임은 이윤확대"라는 부제를 덧붙였다.

이에 더해, 연결어는 논리적 흐름을 보여주는 지시등과 같다. 예컨대, 서론의 "그러나"는 그 앞의 '반대' 내용이 끝나고 이제 '찬성' 즉, 논지진술이 제시될 것임을 보여준다. 본론 각 문단은 "우선", "다음으로", "이에 더해"라는 연결어로 시작하기에, 논지를 뒷받침할 소주제가 순차적으로 제시될 것임을 보여준다. "예컨대", "자료에 따르면" 등은 예시와 통계자료의 방법으로 근거가 제시될 것임을 보여준다. "또한", "한편" 등은 또 다른 근거가 제시될 것임을 보여준다. "결국", "이에", "이렇듯", "따라서" 등은 제시된 근거에 의해 소주제가 옳다는 것을 보여준다. 결론에 "요컨대"는 소주제요약과 결론진술이 제시될 것임을 보여준다. 한편, 영어로 글쓰기를 할 경우 [예시-11]의 연결어 예시를 활용하기 바란다.

요컨대, 제목과 연결어는 글 전체를 한눈에 보여주는 매우 중요한 역할을 담당한다. '가운데정렬'된 명사구 형식의 제목은 본질적으로 논지를 드러내고, 연결어는 글 전체의 논리적 흐름을 보여준다. [예시-09]와 같이, 제목만으로 이 글이 이슈에 대한 '찬성' 의견임을 파악할 수 있다. 더불어, 본론의 각 문단과 결론의 연결어만

Examples of CONNECTIVES				
Adding	Sequencing	Contrasting	Illustrating	Cause/Effect
and, besides moreover also, else as well as additionally in addition furthermore on top of that	next then first, second, third finally meanwhile after, before eventually after all	but, yet however, whereas otherwise, nevertheless instead (of) alternatively though, although except, unless	for example such as for instance in the case of statistically to illustrate to exemplify	because so therefore thus, hence consequently as a result of accordingly in short

[예시-11. 영어 연결어]

보아도 논지를 뒷받침하는 소주제가 순차적으로 제시된 후 결론에 도달할 것임을 알 수 있다. 물론, 연결어의 사용이 진부하고 유치하다는 비난도 있다. 만약 글의 전개가 너무나도 논리적이라면, 오히려 연결어를 생략하는 것이 좋다. 다만, 논리적 글쓰기가 완벽하지 않은 상황에서는 연결어를 사용해서 논리적 흐름을 조금이라도 드러내는 것이 바람직하다.[105]

---

105. 면접과 같은 '논리적 말하기'에서는 연결어의 중요성이 더욱 커진다. 자세한 내용은 "6.2. 면접" 참고.

“
논리적 글쓰기의 본질적 요소는 논지와 논리이다.

글을 꼼꼼하게 읽기 전에

제목과 연결어만 보아도

글 전체의 핵심이 한눈에 보여야 한다.
”

3.3. 서론

한국어 '서론'의 의미는 "말이나 글 따위에서 본격적인 논의를 하기 위한 실마리가 되는 부분"이다.[106] 영어 'Introduction'의 사전적 의미는 "무엇인가의 첫 번째 부분 혹은 시작"이다.[107] 특히, 책의 경우 주제, 범위, 목적 등을 언급하는 부분을 서론이라는 말 대신 '들어가며', '서문', 혹은 'Preface'라고 표현하기도 한다. 한편, '논리적 글쓰기'에서 서론이란 형식적으로는 (5-문단 형식의 경우) 글의 첫 번째 문단을 지칭하고, 본질적으로는 배경진술, 소주제소개, 논지진술이라는 3 요소를 통해 글 전체를 한눈에 미리 보여주는 것이다. 다시 말해, 이슈를 제기하고, 그 이슈에 대한 자신의 논지가 무엇인지 밝히며, 자신의 논지가 어떤 소주제를 통해 어느

---

106. 국립국어원 표준국어대사전.

107. The term 'Introduction' refers to "the first part of something or the beginning." Cambridge Dictionary.

[도표-20. 서론의 3 요소]

방향으로 논증될지를 미리 소개하는 것이다.

첫째, 배경진술을 통해 논쟁의 대상인 이슈를 드러내고 독자의 관심을 불러일으켜야 한다. [예시-09]에서는 연결어 "그러나"의 앞과 뒤에 '기업의 사회적 책임'에 대한 서로 다른 의견을 배치함으로써 논쟁을 간접적으로 드러낸다. 또한, "논쟁적인 글"과 "도발적이었음이"라는 보다 직접적인 표현을 통해 논쟁을 보여준다. 이외에도 구체적인 역사적 사건을 설명하는 방법, 유명인의 말을 인용하는 방법, 소위 '스토리텔링'의 서사적 진술을 통해 독자의 감성을 자극하는 방법 등 여러 유형의 배경진술이 있다. 중요한 것은 어떤 유형과 방법을 사용하든 상관없이, 본질적으로 '논쟁'을 더 잘 드러낼수록 그리고 '이슈'에 대한 더 큰 독자의 관심을 불러일으킬수록, 더 좋은 배경진술이라는 점이다.

둘째, 소주제소개를 통해 자신이 제시한 논지에 대한 3가지 이유 즉, 소주제를 밝히고 향후 본론에서의 논리 전개 방향을 미리 소개해야 한다. [예시-04]에서는 "책임, 세수, 고용"이라는 명사의 형식으로 소주제소개를 표현했다.[108] '차례' 혹은 '실마리'라는 뜻을 가진 한자어 서序와 '논의할' 논論의 합성어인 한국어 '서론'은 상대적으로 '글의 첫 번째 문단'이라는 의미가 강조된 표현이다. 이에 비해, 영어 'Introduction'은 본론에서 전개될 내용 즉, 어떤 소주제들이 본론에서 제시되고 설명될지에 대해 '미리 소개'한다는 '소주제소개'의 의미가 더 강조된 표현이다. 따라서 서구의 형식을 따르는 '논리적 글쓰기'에 있어, 소주제소개는 서론의 본질과 핵심이라고 해도 지나친 말이 아니다.

셋째, 논지진술을 통해 논란의 대상인 이슈에 대한 자신의 비판적 의견 즉, 논지를 밝혀야 한다. [예시-04]에서는 "40년 전 프리드먼의 주장은 신케인스주의 사상이 지배하고 있는 지금의 대한민국에도 여전히 필요한 울림이 큰 외침이다."라고 논지진술을 표현했다. '결론을 먼저 그리고 직접적으로 말하기' 혹은 '자신의 의견을 분명하게 제시하기'에 익숙하지 않은 전통적인 동양인(특히, 한국인)은 글 전체의 결론에 해당하는 논지진술을 서론에 쓰는 것을 매우 어색해 한다.[109] 전통적인 동양의 혹은 한국의 글쓰기와 달리, 오늘날 '세계적 표준'[110]으로 받아들여지는 '논리적 글쓰기'에 있어

---

108. "개인의 책임", "충분한 세수", "양질의 고용"이라는 명사구의 형식으로 혹은 "책임이라는 측면에서", "세수라는 측면에서", "고용이라는 측면에서"라는 부사구의 형식으로 (형식적 측면의) 균형성을 유지할 수도 있다. 만약, "책임, 충분한 세수, 고용"이라고 소주제소개를 표현한다면, 본질적 측면에서는 균형성이 유지되었지만 형식적 측면에서는 '명사, 명사구, 명사'이므로 균형성이 깨어졌다고 평가할 수 있다.

109. 자세한 내용은 "3.1. 5-문단 에세이" 참고.

110. 자세한 내용은 "1.1. 논리! 설득의 핵심" 참고.

논지진술은 반드시 서론에 있어야 한다. 논지진술은 서론의 핵심이 자 '논리적 글쓰기'의 본질이다.

요컨대, 서론이란 배경진술, 소주제소개, 논지진술이라는 3 요소를 통해 독자로 하여금 이슈, 소주제, 논지를 정확하게 알아차 리도록 도와주는 것이다. 따라서, 심지어 서론만 읽은 독자도 글 전 체를 한눈에 볼 수 있도록 서론을 작성해야 한다. 조금 과장해서 표 현하자면, 오직 '각각의 소주제들이 보다 구체적으로 어떤 근거를 통해 논증되는지가 궁금한 일부 독자들'만을 위해서 본론을 작성 한다는 심정으로, 글쓰기의 모든 논리 전개를 서론에서 마무리해야 한다. '논리적 글쓰기'에 있어 서론은 '단순한 첫 번째 문단' 혹은 '머릿말'이 아니다. 논쟁의 대상(이슈)에 대한 자신의 비판적 의견 (논지)을 논리('왜냐하면'이라는 이유 즉, 3가지 소주제)라는 틀에 담 는 논리적 글쓰기의 본질이 서론에서 완성된다.

3.4. 본론

한국어 '본론'의 사전적 의미는 "말이나 글에서 주장이 있는 부분"이다.[111] 이러한 정의만 보아도, 영어와 달리 한국어를 쓰는 우리가 '결론(주장)을 먼저 그리고 직접적으로 말하기' 혹은 '자신의 의견(주장)을 분명하게 제시하기'를 왜 불편해 하는지 짐작해 볼 수 있다.[112] 오늘날 '세계적 표준'[113]으로 받아들여지는 '논리적 글쓰기'에서 글 전체의 주장 즉, 논지진술은 반드시 서론에 있어야 한다.[114] 그렇다면 본론은 무엇일까? '논리적 글쓰기'에서 본론이란 형식적으로는 서론 뒤에 그리고 결론 앞에 위치한 (5-문단 형식의 경우) 두 번째, 세 번째, 네 번째 문단을 지칭하고, 본질적으로는 소주제문과

---

111. 국립국어원 표준국어대사전.

112. Robert B. Kaplan, *supra* note 91.

113. 자세한 내용은 "1.1. 논리! 설득의 핵심" 참고.

114. 물론 서론에 앞서 제목을 통해 논지가 분명하게 드러나야 한다. 자세한 내용은 "3.2. 제목과 연결어" 및 "3.3. 서론" 참고.

근거문장이라는 2 요소로 구성되어 논지에 대한 이유가 되는 하나의 소주제를 담은 문단 3개를 통칭한다.

　우선, 본론의 각 문단은 논지에 대한 '이유가 되는 주장' 즉, 소주제를 담은 소주제문으로 시작해야 한다. 소주제가 (논지에 대한 이유가 되는) '주장'이라는 측면에서 일견 한국어 '본론'의 사전적 의미는 옳다.[115] 그러나 본론의 본질적 목적이 글 전체를 통해 제시된 자신의 주장(논지)에 대한 이유(소주제)를 설명하는 것이라는 점을 기억해야 한다. [예시-04]의 본론 첫 번째 문단은 '밀턴 프리드먼의 주장에 동의'라는 논지를 지지하는 이유로서 "우선, 책임이라는 측면에서, 밀턴 프리드먼의 주장은 개인의 사회적 책임을 회피하려는 일부 재벌의 시도를 제어하는 데 도움이 된다."라는 소주제문을 제시했다. 이 소주제문은 논지진술에 대한 '이유'이면서 동시에 근거문장에 의해 뒷받침되어야 하는 '주장'이다.

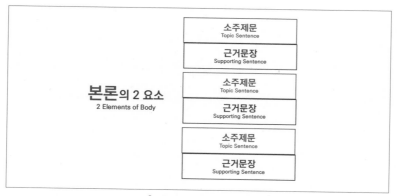

[도표-21. 본론의 2 요소]

---

115. 국립국어원 표준국어대사전.

다음으로, 본론의 각 문단에 제시된 소주제문은 객관적 '사실'에 기반한 근거를 담은 근거문장에 의해 뒷받침되어야 한다. 주관적 '의견'인 논지가 '왜냐하면'이라는 이유 즉, 소주제문에 의해 이미 뒷받침되었다. 그러나 소주제 또한 자신의 주관적 '의견'에 불과하므로 반드시 '왜냐하면'이라는 이유 즉, 객관적 '사실'에 기반한 근거에 의해 추가적으로 뒷받침되어야 한다.[116] [예시-04] 본론의 첫 번째 문단의 경우, "CSRs악용", "한국재벌", "소액주주", "개인vs.기업", "PSRs", "바그와티" 관련 근거를 담은 근거문장에 의해서 "우선, 책임이라는 측면에서, 밀턴 프리드먼의 주장은 개인의 사회적 책임을 회피하려는 일부 재벌의 시도를 제어하는 데 도움이 된다."라는 소주제문이 추가적으로 뒷받침되었다.

한편, 소주제문을 근거문장으로 뒷받침하는 방법 즉, 소주제에 대한 근거 제시 방법을 유형화해 보면 [도표-22]와 같다. 논리적 글쓰기에서, 일반적으로 가장 빈번하게 사용되는 방법은 예시

근거의 유형 Types of Support			
예시 Examples		사례연구 Case Studies	일화 Anecdotes
통계자료 Statistics	전문가 의견 Expert Opinions	시각자료 Visuals	가상사례 Scenarios
		실험결과 Experiments	문헌자료 Documents

[도표-22. 근거의 유형]

---

116. 자세한 내용은 "1.4. 주관적 '의견'과 개관적 '사실'" 참고.

Examples, 통계자료Statistics, 그리고 전문가 의견Expert Opinions을 활용하는 것이다. 예컨대, [예시-04]의 첫 번째 본론 문단에서는 모 재벌 회장의 CSRs 악용 예시와 컬럼비아대학교 바그와티 교수의 PSRs 관련 전문가 의견이, 그리고 두 번째와 세 번째 본론 문단에서는 통계청과 한국은행의 통계자료가 각각 활용되었다. 이외에도 사례연구Case Studies, 일화Anecdotes, 시각자료Visuals, 가상사례 Scenarios, 실험결과Experiments, 문헌자료Documents 등을 활용하는 다양한 근거 제시 방법이 있다.[117]

요컨대, 본론이란 소주제문과 근거문장이라는 2 요소로 구성되어 논지에 대한 이유가 되는 하나의 소주제를 담은 문단 3개를 통칭하는 것이다. 본론의 각 문단은 논지에 대한 '이유가 되는 주장'인 소주제를 담은 소주제문으로 시작하고, 각 소주제문은 객관적 '사실'에 기반한 근거를 담은 근거문장에 의해 뒷받침된다. 예시, 통계자료, 전문가 의견, 사례연구, 일화, 시각자료, 가상사례, 실험결과, 문헌자료 등 다양한 유형의 근거 제시 방법이 있지만, 이 모두는 객관적 '사실'에 기반한 근거를 제시함으로써 주관적 '의견'인 소주제를 뒷받침한다는 공통점이 있다. 이로써 소주제라는 하나의 생각을 담은 본론의 각 문단이 제목, 논지진술, 결론진술에 담긴 주관적 '의견'인 논지를 논리적으로 뒷받침하게 된다.

---

117. 자세한 내용은 "7.3. (각 의견의) 근거" 및 "7.5. 나의 근거" 참고.

3.5. 결론

　　한국어 '결론'의 사전적 의미는 "말이나 글의 끝을 맺는 부분" 이다.[118] 영어 'Conclusion'의 사전적 의미는 "무엇인가의 마지막 부분 혹은 수많은 숙고 후에 내린 결정"이다.[119] 특히, 책의 끝에 본론 내용의 대강이나 간행 경위를 적은 글을 결론이라는 말 대신 '맺으며', '발문' 혹은 'Postface'라고 표현하기도 한다.[120] 한편, '논리적 글쓰기'에서 결론이란 형식적으로는 (5-문단 형식의 경우) 글의 다섯 번째 문단을 지칭하고, 본질적으로는 소주제요약, 결론진술, 추가진술이라는 3 요소를 통해 글 전체를 다시 한번 한눈에 보여주고 글을 마무리하는 것이다. 다시 말해, 자신의 논지가 무엇인지 그리고 자신의 논지가 어떤 소주제를 통해 논증되었는지를 요약하고,

---

118. 국립국어원 표준국어대사전.

119. The term 'Conclusion' refers to "the final part of something or a decision made after a lot of consideration." Cambridge Dictionary.

120. 국립국어원 표준국어대사전.

[도표-23. 결론의 3 요소]

글 전체를 자연스럽게 마무리하는 것이다.

첫째, 소주제요약을 통해 자신이 본론에서 제시했던 논지에 대한 3가지 이유 즉, 소주제를 요약해야 한다. 결론의 소주제요약과 서론의 소주제소개는 본질적으로 동일한 내용이다. 다만, 그 기능에 있어 차이가 있을 따름이다. 즉, 결론의 소주제요약은 이미 본론에서 제시했던 논리 전개를 '추후에 요약'하는 것이고, 서론의 소주제소개는 장차 본론에서 제시할 논리 전개를 '사전에 소개'하는 것이다. 물론, 본질적 '내용'의 동일함에도 불구하고, 구체적 '표현'에 있어서는 다소 변화를 주는 것이 바람직하다. 예컨대, "책임, 세수, 고용이라는 측면에서"라는 소주제소개를, [예시-04]의 소주제요약에서는 "책임, 세수, 그리고 고용이라는 측면에서 앞서 살펴본 바와 같이"라고 표현했다.[121]

---

121. 서론의 소주제소개와 마찬가지로, 결론의 소주제요약도 각 소주제의 표현에 있어 형식적 균형성을 유지해야 한다. 예컨대, "책임, 세수, 고용"이라는 명사의 형식, "개인의 책임, 충분한 세수, 양질의 고용"이라는 명사구의 형식, 혹은 "책임이라는 측면에서, 세수라는 측면에서, 고용이라는 측면에서"라는 부사구의 형식으로 (형식적) 균형성을 유지해야 한다. 자세한 내용은 "3.3. 서론" 및 "4.4. 균형성 평가" 참고.

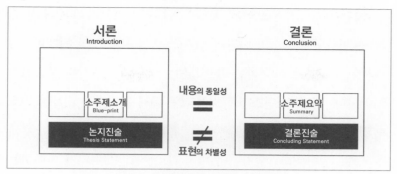

[도표-24. 내용의 동일성과 표현의 차별성]

둘째, 결론진술을 통해 논쟁의 대상인 이슈에 대한 자신의 비판적 의견 즉, 논지를 다시 한번 밝혀야 한다. 결론의 결론진술과 서론의 논지진술은 본질적으로 동일한 내용이다. 다만, 그 구체적 '표현'에 있어서는 다소 변화를 주는 것이 바람직하다. 예컨대, "40년 전 프리드먼의 주장은 신케인스주의 사상이 지배하고 있는 지금의 대한민국에도 여전히 필요한 울림이 큰 외침이다."라는 논지진술을, [예시-04]의 결론진술에서는 "1970년 뉴욕타임즈에 기고된 "기업의 사회적 책임은 기업의 이윤확대이다."라는 밀턴 프리드먼의 주장은 오늘날 우리 사회에도 여전히 유효하다."라고 표현했다. 참고로, 동일한 내용의 논지가 명사구의 형식으로 다르게 표현된 것이 제목이다.[122]

셋째, 추가진술을 통해 글 전체를 자연스럽게 마무리해야 한

---

122. 자세한 내용은 "3.2. 제목과 연결어" 참고.

다. 결론에서 소주제요약과 결론진술을 제시함으로써 논쟁의 대
상(이슈)에 대한 자신의 비판적 의견(논지)을 논리('왜냐하면'이라는
이유 즉, 3가지 소주제)라는 틀에 담는 논리적 글쓰기는 본질적으
로 끝난다. 다만, 자연스러운 마무리를 위해 무엇인가 덧붙일 필요
가 있는데, 이것이 추가진술이다.[123] [예시-04]에서는 '케인스주의
가 지배했던 1960-1970년대 미국'과 '신케인스주의가 지배하는
2008년 이후 한국'을 비교함으로써 프리드먼의 주장이 가진 역사
적 의미를 추가적으로 설명했다. 그러나 추가진술이 결코 앞서 제
시된 자신의 주장을 부정해서는 안 된다. 예컨대, "프리드먼의 주
장은 틀렸다."는 결코 추가진술이 될 수 없다.

　　요컨대, 결론이란 소주제요약, 결론진술, 추가진술이라는 3
요소를 통해 다시 한번 글 전체를 한눈에 보여주고 글을 자연스럽
게 마무리하는 것이다. 즉, 자신의 논지가 무엇인지 그리고 자신의
논지가 어떤 소주제를 통해 논증되었는지를 요약하고, 글 전체를
자연스럽게 마무리하는 것이 결론이다. 논지를 논리라는 틀에 담는
논리적 글쓰기의 본질이라는 측면에서 결론과 서론은 동일한 내용
을 담고 있다. 즉, 서론의 소주제소개, 논지진술은 결론의 소주제요
약, 결론진술과 각각 그 내용이 같다. 다만, 구체적 표현에 있어 다
소 차이가 있을 따름이다. 한편, 앞서 제시된 자신의 주장을 부정하

---

123. 참고로, 이 책의 주제인 '논리적 글쓰기'에 대한 본질적인 설명은 제7장에서 끝난다. 제7장 이후에 삽입된
"논증과 논리적 오류"라는 글이 이 책의 '추가진술'에 해당하는 부분이다.

지 않는 범위 안에서, 글의 자연스러운 마무리에 도움이 되는 어떠
한 것도 추가진술이 될 수 있다.

제4장

논리적
글쓰기의 본질

4.1. 논리적 흐름

앞서 설명한 바와 같이, 논리적 글쓰기란 논쟁의 대상인 '이슈'에 대한 자신의 비판적 의견 즉, '논지'를 '논리'라는 틀에 집어넣어 '글'이라는 형식으로 표현함으로써, 독자로 하여금 자신의 논지에 '동의'하도록 만드는 것이다. 따라서 논리적 글쓰기의 본질적 요소는 논지와 논리이다.[124] 자신의 논지가 논리라는 틀에 올바르게 담기게 되면 글 전체에 '논리적 흐름'[125]이 생기게 된다.[126] 이러한 논리적 흐름이 강하면 강할수록 자신의 논지에 대한 독자의 '동

---

124. '본질적 요소'라 함은 '논지'와 '논리' 중 어느 하나라도 없으면 논리적인 글이 될 수 없다는 의미이다. 따라서, '논지'가 없는 글은 비록 설명문일 수는 있어도 논리적인 글은 아니다. 또한 '논리'가 없는 글은 비록 수필일 수는 있어도 논리적인 글은 아니다.

125. '논리적 흐름'의 영어 표현은 'Logical Flow'이다. 영어 'Flow'라는 단어는 '흐름' 이외에 '몰입'이라는 심리학적 용어로도 번역된다. 실제 논리적 흐름이 매우 강한 글의 경우 독자가 일종의 몰입 상태에 빠져 저자의 주장에 자연스럽게 동의하는 현상이 벌어지기도 한다. See Mihaly Csikszentmihalyi, *Flow: The Psychology of Optimal Experience* (New York, NY: Harper & Row, 1990).

126. 연관성 평가, 논증성 평가, 균형성 평가를 통해 자신의 논지를 논리라는 틀에 올바르게 담는 과정이 논리적 글쓰기의 3단계 개요짜기이다. 자세한 내용은 "2.3. 개요짜기" 참고.

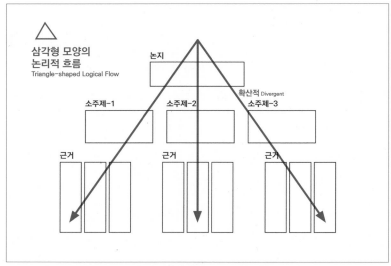

삼각형 모양의
논리적 흐름
Triangle-shaped Logical Flow

논지

확산적 Divergent

소주제-1   소주제-2   소주제-3

근거   근거   근거

[도표-25. 삼각형 모양의 논리적 흐름]

의가능성'[127]이 더 커지고 더욱 좋은 논리적 글쓰기가 완성된다. 아래에서는 '삼각형 모양의 논리적 흐름', '다이아몬드 모양의 논리적 흐름', 그리고 '글 전체의 상호연결성'을 중심으로 논리적 글쓰기의 본질을 보다 깊이 있게 분석하겠다.

　먼저, 추상적 '생각'의 단계에서 '삼각형 모양의 논리적 흐름'을 만들어야 한다. 이를 위해 1단계 이해하기, 2단계 브레인스토밍하기, 3단계 개요짜기에서[128] '논지 → 소주제 → 근거'로 이어지는

---

127. '논리적'(Logical)이라는 말을 보다 쉽게 설명하면 '동의가능한'(Agreeable) 혹은 '수용가능한'(Acceptable)이라고 표현할 수 있다. 즉, 글을 읽은 독자가 그 글에 담긴 저자의 비판적 의견인 논지에 대해 '그럴듯한데', '그럴 수도 있겠어', '맞아', '나도 그렇게 생각해', '(말없이 끄덕끄덕)', '100% 공감!' 등과 같은 반응을 보인다면, 그 글은 논리적인 것이다.

128. 자세한 내용은 "1.2. 추상적 '생각'과 구체적 '표현'" 및 "제2장 논리적 글쓰기의 5단계" 참고.

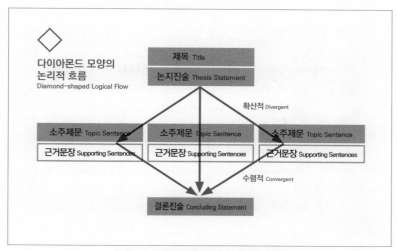

[도표-26. 다이아몬드 모양의 논리적 흐름]

삼각형 모양의 확산적 사고가 필요하다. 즉, 논쟁의 대상(이슈)에 대한 자신의 비판적 의견(논지)을 가장 먼저 결정하고, 이후 논지를 뒷받침할 3가지 소주제를 생각하고, 마지막으로 각각의 소주제를 뒷받침할 충분한 근거를 생각한다. 주목해야 할 점은 논리적 흐름의 방향이 객관적 '사실'에서 출발해서 주관적 '의견'에 도달(예컨대, "…… 그래서 좋아!")하는 것이 아니라, 반드시 주관적 '의견'에서 출발해서 객관적 '사실'에 도달(예컨대, "좋아! 왜냐하면 ……")해야 한다는 것이다.[129]

다음으로, 구체적 '표현'의 단계에서는 삼각형 모양을 '다이아

---

129. 논리적 흐름의 핵심 키워드는 "…… 그래서 ……"가 아니라 "…… 왜냐하면 ……"이다. 따라서 논리를 이해하고 연습하는 출발점이 주관적 '의견'에 대해 '왜?'라는 질문을 던지고 객관적 '사실'에 기반한 '왜냐하면'이라는 대답을 하는 것이다. 자세한 내용은 "1.4. 주관적 '의견'과 객관적 '사실'" 및 "3.1. 5-문단 에세이" 참고.

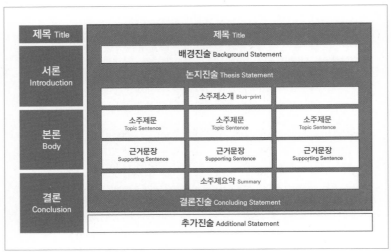

[도표-27. 논리적 흐름과 양괄식 구조]

몬드 모양의 논리적 흐름'으로 변경해서 글을 써야 한다. 따라서 논리적 글쓰기의 4단계 글쓰기에서[130] '제목·논지진술 → 소주제문·근거문장'은 확산적으로 그리고 '소주제문·근거문장 → 결론진술'은 수렴적으로 각각 전개해야 한다. 즉, 서론에서 논지진술과 소주제소개를 통해 글 전체의 결론과 논리 전개 방향을 미리 보여주고, 본론에서 그 이유를 하나씩 풀어내며, 결론에서 결론진술과 소주제요약을 통해 글 전체를 다시 보여준다. 물론 서론에 앞서 제목이 가장 먼저 논지를 드러내야 한다.[131] 결국 다이아몬드 모양의 논리적 흐름은 논지를 (제목은 물론) 서론과 결론에 함께 드러내는 [도

---

130. 자세한 내용은 "1.2. 추상적 '생각'과 구체적 '표현'" 및 "2.4. 글쓰기" 참고.

131. 자세한 내용은 "3.2. 제목과 연결어" 참고.

표-27]과 같은 양괄식 구조[132]를 만들어 낸다.

끝으로, '글 전체의 상호연결성'이 드러나는지 확인해야 한다. [예시-04]를 살펴보면, 총 473개의 단어·구가 모여 하나의 생각을 담은 문장 35개가 만들어지고, 총 35개의 문장이 모여 더 큰 하나의 생각을 담은 문단 5개가 만들어졌다. 또한 총 5개의 문단이 '논리적 흐름'이라는 밧줄에 묶여 더욱 큰 하나의 생각을 담은 한 편의 글이 완성되었다. 예컨대, ▉으로 표시된 제목, 논지진술, 결론진술을 연결고리로 '제목-문단1-문단5'가 서로 연결된다. ☐으로 표시된 소주제 "책임"을 연결고리로 '문단1-문단2-문단5'가, ☐으로 표시된 소주제 "세수"를 연결고리로 '문단1-문단3-문단5'가, 그리고 ☐으로 표시된 소주제 "고용"을 연결고리로 '문단1-문단4-문단5'가 각각 연결된다.[133]

요컨대, 논지를 논리라는 틀에 담는 논리적 글쓰기의 핵심은 결국 글 전체의 '논리적 흐름'을 만드는 것이다. 보다 강하고 뚜렷한 논리적 흐름을 만들기 위해서는 먼저 추상적 '생각'의 단계에서 '삼각형 모양의 논리적 흐름'을 만들고, 이후 구체적 '표현'의 단계에서 이것을 '다이아몬드 모양의 논리적 흐름'으로 변경하며, 최종

---

132. 국립국어원 표준국어대사전. 양괄식 구조란 "글의 중심 내용이 앞부분과 끝부분에 반복하여 나타나는 구성 방식"을 일컫는다. 제목, 서론(논지진술), 결론(결론진술)에서는 직접적으로 논지가 제시되고, 본론에서는 논지의 이유인 소주제(소주제문+근거문장)를 통해 간접적으로 논지가 제시된다. 이렇듯 글 전체를 통해 논지가 강조되는 것이 논리적 글쓰기이다.

133. 자세한 내용은 "2.4. 글쓰기" 참고.

적으로 '글 전체의 상호연결성'이 드러나는지 여부를 꼼꼼하게 확인해야 한다. 이러한 논리적 흐름을 만드는 '도구'가 논리적 글쓰기의 3단계 개요짜기에서 활용하는 3가지 평가 즉, 연관성 평가, 논증성 평가, 그리고 균형성 평가이다. 이에 다음 페이지부터는 3가지 평가에 대해 좀더 자세하게 알아봄으로써 논리적 글쓰기의 본질을 보다 깊이 있게 분석해 보도록 하겠다.

4.2. 연관성 평가

　　논리적 글쓰기의 본질은 자신의 비판적 의견인 논지를 논리라는 틀에 담는 것이다. 자연적이고 비논리적이며 파편적인 '생각'을 인위적이고 논리적이며 온전한 '논리'라는 틀에 집어넣어 논리적 흐름을 만드는 도구가 연관성 평가, 논증성 평가, 그리고 균형성 평가이다. 특히, 연관성 평가는 자신의 논지가 제시된 이슈에 대해 얼마나 직접적으로 연관되어 있는지 혹은 제시된 지시사항에 대해 얼마나 직접적인 대답이 되는지를 검증하는 것이다. 연관성 평가에 문제가 생기면 'Off-Topic' 즉, 주제와 상관없는 엉뚱한 글쓰기가 된다. 논리적 글쓰기의 1단계 이해하기에서 한 차례 그리고 3단계 개요짜기에서 추가적으로 연관성 평가를 진행하되,[134] 다음 3가지에 유의해야 한다.

---

134. 자세한 내용은 "2.1. 이해하기" 및 "2.3. 개요짜기" 참고.

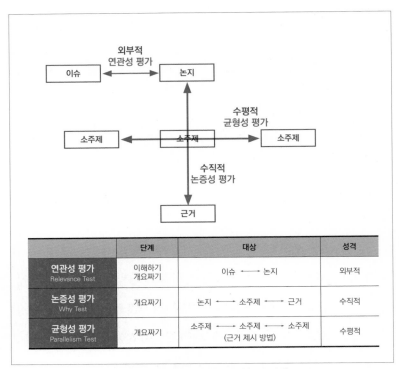

[도표-28. 논리적 글쓰기를 위한 3가지 평가]

첫째, 이슈의 핵심을 정확하게 파악하라. 이슈란 논란이 있는 주제 혹은 논쟁의 대상을 지칭하는 말이다. 논쟁이란 "서로 다른 의견을 가진 사람들이 각각 자기의 주장을 말이나 글로 논하여 다툼"을 의미한다.[135] 즉, 어떤 주제 혹은 대상에 대해 서로 다른 의견이 '충돌'하는 것이 논쟁이다. 그 '충돌의 지점'을 정확하게 찾아내

---

135. 국립국어원 표준국어대사전.

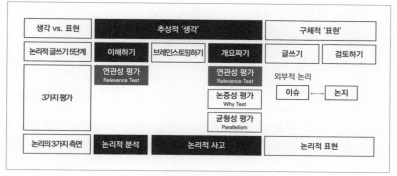

[도표-29. 연관성 평가와 논리적 글쓰기의 절차]

는 것이 '이슈의 핵심'을 파악하는 것이다. 예컨대, [지문-1][136]에 제시된 "기업의 사회적 책임은 이윤의 확대라는 밀턴 프리드먼의 주장"이 서로 다른 의견의 출동 지점이다. 혹은 '질문의 요지'를 정확하게 찾아내는 것이 이슈의 핵심을 파악하는 것이기도 하다. 예컨대, [지문-2]에 제시된, "위 발췌문에 제시된 밀턴 프리드먼의 주장"이 논지의 대상인 이슈이다.[137]

둘째, 이슈에 대한 자신의 비판적 의견 즉, 논지를 결정하라. '논리'와 더불어 논리적 글쓰기의 본질적 2 요소 중 하나인 '논지'는 논쟁의 대상 즉, 이슈에 대한 자신의 비판적 의견을 지칭한다.[138] [예시-12]에서는, [지문-1]에 제시된 이슈 즉, "기업의 사회적 책임

---

136. [지문-1]과 그 번역본 [지문-2]는 "2.1. 이해하기" 참고.

137. [지문-1]의 질문은 "What is your own critical opinion on Milton Friedman's argument in the given excerpt?"이고, 이것을 번역한 [지문-2]의 질문은 "위 발췌문에 제시된 밀턴 프리드먼의 주장에 대한 자신의 비판적 의견은 무엇인가?"이다.

138. 이러한 측면에서 '논지'는 철저하게 주관적이다. 자세한 내용은 "5.1. 얼마나 주관적인가?" 참고.

은 이윤의 확대라는 밀턴 프리드먼의 주장"에 대해 '밀턴 프리드먼의 주장에 동의'라는 논지를 결정했다. 혹은 [지문-2]의 지시사항 "위 발췌문에 제시된 밀턴 프리드먼의 주장에 대한 자신의 비판적 의견은 무엇인가?"에 대해 '밀턴 프리드먼의 주장에 동의'라는 대답을 결정했다. 주목할 점은 이슈에 찬성하든, 반대하든, 제3의 의견을 가지든 상관없이 '왜냐하면'이라는 이유에 근거한 자신만의 비판적 의견을 논지로 결정해야 한다는 것이다.

셋째, 이슈와 논지 간의 직접적 연관성을 검증하라. '직접적'이라는 단어의 사전적 의미는 "중간에 매개물이 없이 바로 연결되는 것"이다.[139] [예시-13]과 같이, "아침 밥 먹었니?"라는 질문에 대

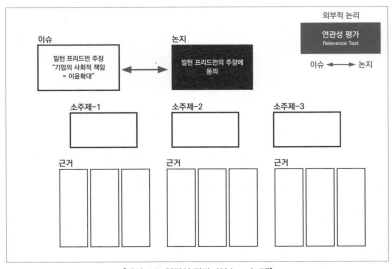

[예시-12. 연관성 평가: '이슈 ↔ 논지']

---

139. 국립국어원 표준국어대사전.

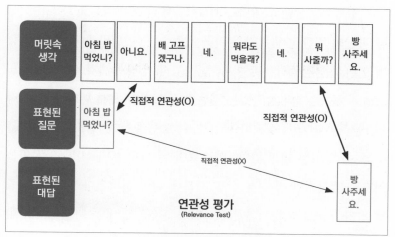

[예시-13. '직접적 연관성'의 의미]

한 "빵 사주세요."라는 대답은 '직접적' 연관성이 없다. 안타깝게도 이러한 질문과 대답에 문제점[140]을 발견하지 못하는 사람들도 있다. 독자는 오로지 실제로 '표현'된 글만 읽을 뿐, 겉으로 드러나지 않은 당신의 머릿속 '생각'은 전혀 알지 못한다. 이러한 맥락에서 이슈와 논지 간의 직접적 연관성을 검증해야 한다. [예시-12]와 같이, '기업의 사회적 책임은 이윤의 확대에 동의'보다 '(기업의 사회적 책임은 이윤의 확대라는) 밀턴 프리드먼의 주장에 동의'가 직접적 연관성이 훨씬 더 높은 논지이다.

---

140. 이러한 질문-대답에 문제점을 발견하지 못하는 사람들은 '머릿속 생각'과 '표현된 질문·대답'을 구별하지 못하는 것이다. 즉, 머릿속으로는 "아침 밥 먹었니?" → "아니요." → "배 고프겠구나." → "네." → "뭐라도 먹을래?" → "네." → "뭐 사줄까?" → "빵 사주세요."라고 순차적으로 생각했다. 그래서 "아침 밥 먹었니?" → "빵 사주세요."가 서로 연결된다고 생각하는 것이다. 그러나 실제 표현된 질문은 "아침 밥 먹었니?"이고, 실제 표현된 대답은 "빵 사주세요."라는 점에 주목해야 한다. 6개의 '중간 매개물'이 생략된 이 질문과 대답 간에는 직접적 연관성이 매우 낮다.

요컨대, 연관성 평가는 이슈의 핵심을 파악하고, 이슈에 대한 자신의 비판적 의견인 논지를 결정하며, 이슈와 논지 간의 직접적 연관성을 검증하는 것이다. 연관성 평가에 문제가 생기면 'Off-Topic' 즉, 주제와 상관없는 엉뚱한 글쓰기를 하게 된다. 비유하자면, 연관성 평가에 실패한 글은 마치 방향을 잘못 잡고 100미터를 9.0초에 달리는 것과 같다. 비록 속도는 세계 신기록이 될 수 있을 정도로 빨랐지만, 잘못된 방향 때문에 결국 실격된다.[141] 비록 논증성 평가와 균형성 평가를 통해 100% 논리적인 글을 완성한다고 할지라도 결국 무의미하다. 이렇듯 글 전체의 방향성을 잡아주는 연관성 평가는 논리적 글쓰기의 1단계 이해하기에서 한 차례, 그리고 3단계 개요짜기에서 추가로 진행된다.

---

141. 참고로 2021년 현재 100미터 남자 세계 신기록은 자메이카의 Usain Bolt가 2009년에 기록한 9.58초이고, 여자 세계 신기록은 미국의 Florence Griffith-Joyner가 1988년에 기록한 10.49초이다. See "100 Meters", Wikipedia, available at https://en.wikipedia.org/wiki/100_metres, accessed June 2021.

4.3. 논증성 평가

　설득이란 논증을 통해 자신의 생각을 상대방에게 전달해서 상대방의 생각과 행동을 변화시키는 것이다.[142] 논증Reasoning이란 문자 그대로 '논리적으로 증명하기' 즉, '이성Reason 사용하기' 혹은 '왜냐하면 ……이라는 이유Reason 말하기'라는 말로서, 그 사전적 의미는 "옳고 그름을 이유를 들어 밝힘"이다.[143] 이러한 설득의 대표적인 사례가 논리적 글쓰기이고, 논리적 글쓰기의 핵심이자 본질이 3단계 개요짜기에서 진행되는 논증성 평가이다.[144] 논증성 평가를 잘하는 것이 곧 논리적 사고력 혹은 비판적 사고력이 뛰어난 것이다. 다음 3가지에 초점을 맞추어 논지, 소주제, 근거 간에 '왜?'와 '왜냐하면'이라는 논증 관계가 성립하는지를 검증하는 논증성 평가

142. 자세한 내용은 "1.1. 논리! 설득의 핵심" 참고.
143. English Oxford Living Dictionaries 및 국립국어원 표준국어대사전.
144. 자세한 내용은 "2.3. 개요짜기" 참고.

를 꼼꼼하게 수행해야 한다.

첫째, 주관적 '의견'과 객관적 '사실'에 대해 비판적으로 접근하라. [도표-06]과 같이, 먼저 주관적 '의견'과 객관적 '사실'을 정확하게 분별하고, 전자에 대해서는 '왜?'라는 질문을 던지고 후자에 대해서는 그 '진위 여부'를 꼼꼼하게 확인하는 것이 글쓰기에 필요한 논리의 출발점이자 비판적 접근의 핵심이다.[145] 비판적 접근 혹은 비판적 사고는 어떤 주관적 '의견'에 대해 그것이 왜 옳고 왜 그른지를 끊임없이 '질문'하고, 객관적 '사실'에 기반한 근거를 활용하여 그 이유를 끊임없이 '대답'하는 것이다. 이러한 '질문과 대답'이 고대 그리스의 철학자 소크라테스의 '소크라테스식 문답법'의 본질이기도 하다. 결국, 주관적 '의견'과 객관적 '사실'에 대한 비판적 접근이 논증성 평가의 본질이다.

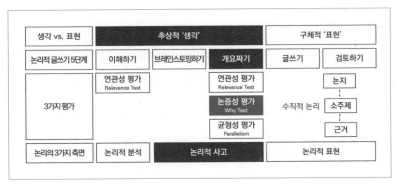

[도표-30. 논증성 평가와 논리적 글쓰기의 절차]

---

145. 자세한 내용은 "1.4. 주관적 '의견'과 객관적 '사실'" 참고.

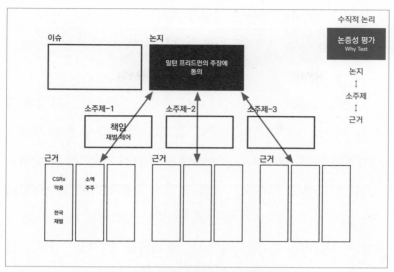

[예시-14. 논증성 평가: '논지 ↔ 소주제 ↔ 근거']

　　둘째, 논지와 소주제 간의 논증 관계를 검증하라. 논지란 논란이 있는 주제 혹은 논쟁의 대상인 이슈에 대한 자신의 비판적 의견이다. 따라서, 논지는 지극히 주관적이다.[146] 이에, 자신의 논지에 대한 독자의 동의를 얻어내기 위해서는 2단계 브레인스토밍하기를 통해 '왜냐하면'이라는 이유 즉, 소주제 3가지를 반드시 준비해야 한다.[147] 그리고 3단계 개요짜기를 통해 논지와 각 소주제 간에 분명한 논증 관계가 존재하는지 꼼꼼하게 검증해야 한다.[148] [예시-14]에서는 '밀턴 프리드먼의 주장에 동의'라는 논지에 대해 "책

---

146. 자세한 내용은 "5.1. 얼마나 주관적인가?" 참고.

147. 자세한 내용은 "2.2. 브레인스토밍하기" 참고.

148. 자세한 내용은 "2.3. 개요짜기" 참고.

임 측면, 재벌 제어"라는 소주제가 제시되었는데, 이들 논지와 소주제 간에는 논증 관계 즉, '왜?'와 '왜냐하면'의 관계가 성립하는 것으로 평가된다.

셋째, 소주제와 근거 간의 논증 관계를 검증하라. 3가지 소주제는 각각 논지에 대한 이유이다. 그러나 각 소주제 또한 객관적 '사실'이 아니라 추가적 논증이 필요한 주관적 '의견'에 불과하다. 이러한 맥락에서 소주제를 '이유가 되는 주장'이라고 표현하기도 한다. 따라서, '주장' 혹은 주관적 '의견'인 소주제는 반드시 '왜냐하면'이라는 이유 즉, 객관적 '사실'에 기반한 충분한 근거에 의해 추가적으로 뒷받침되어야 한다. [예시-14]에서는 "책임 측면, 재벌 제어"라는 소주제에 대해 "CSRs악용, 한국재벌, 소액주주"와 관련한 객관적 '사실'에 기반한 근거가 제시되었는데, 이들 소주제와 근거 간에는 논증 관계 즉, '왜?'와 '왜냐하면'의 관계가 성립하는 것으로 평가된다.

요컨대, 논증성 평가는 주관적 '의견'과 객관적 '사실'에 대한 비판적 접근을 통해 논지, 소주제, 근거 간의 논증 관계를 검증하는 것이다. 논증성 평가에 문제가 생기면 그저 '외침', '주장', '떼 쓰기'만 있을 뿐, 결코 상대방의 생각과 행동을 변화시키는 '설득' 즉, 논리적 글쓰기는 불가능하다. 비유하자면, 장차 '논리적 글쓰기'라는 튼튼한 '집'을 지탱할 '기둥'으로 사용될 '논지―소주제―근거'라는 목재를 다듬는 과정이 논증성 평가이다. 논증성 평가에 실패하게 되면 논리적 글쓰기라는 집은 결국 무너지게 된다. 논증성 평가를 올바르게 수행한 논리적 글쓰기에서는 논지, 소주제, 근거 간에 주관성 혹은 객관성이라는 측면에서 [도표-10]과 같은 논리적 위계질서가 명확하게 드러난다.

"
논증성 평가에 문제가 생기면
그저 '외침', '주장', '떼 쓰기'만 있을 뿐,
결코 상대방의 생각과 행동을 변화시키는
'설득' 즉, 논리적 글쓰기는 불가능하다. "

4.4. 균형성 평가

한국어 '균형성'은 "어느 한쪽으로 기울거나 치우치지 아니
한 성질"을 의미한다.[149] 영어 'Parallelism'은 "동일하게 중요한 생
각들을 균형 잡히도록 하기 위해 문장 구조, 구, 혹은 더 긴 부분을
붙여놓는 방식"을 의미한다.[150] [예시-15]와 같이, 특히 문법과 수
사학에서는 '균형잡힌 구조'를 의미하는 'Parallel Structure' 혹은
'Parallel Construction'의 동의어로 'Parallelism'이라는 용어가
사용된다.[151] 한편, 지금부터 설명할 논리적 글쓰기의 3단계 개요짜
기에서 진행되는 균형성 평가는 논증성 평가를 통과한 3가지 소주
제가 본질적으로 그리고 형식적으로 서로 간에 대등하고 균형적인

---

149. 국립국어원 표준국어대사전.

150. The term 'Parallelism' refers to "the use of matching sentence structure, phrases, or longer parts so as to balance ideas of equal importance". Cambridge Dictionary.

151. See Gary Blake and Robert W. Bly, *The Elements of Technical Writing* (Harlow: Longman Publishing Group, 2000), p. 71. 문법에서는 'Parallelism'을 '병렬'로, 그리고 'Parallel Structure'와 'Parallel Construction'을 '병렬 구조'로 각각 번역하기도 한다.

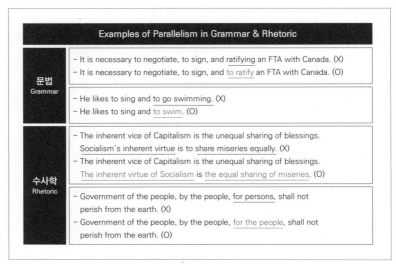

[예시-15. 문법과 수사학의 'Parallelism']

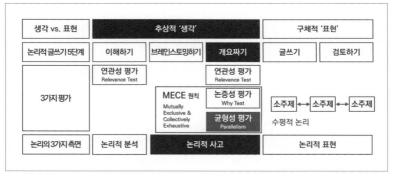

[도표-31. 균형성 평가와 논리적 글쓰기의 절차]

지 여부를 검증하고, 가능하다면 근거 제시 방법의 균형성 또한 추가적으로 고려하는 것이다.

첫째, 3가지 소주제 간의 본질적 균형성을 검증하라. 각각의 소주제는 논지에 대해 논증성 평가를 통과하는 '왜냐하면'이라는

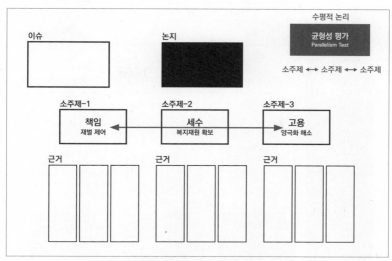

[예시-16. 균형성 평가: '소주제 ↔ 소주제 ↔ 소주제']

이유가 되어야 한다. 동시에 3가지 소주제는 그 내용이 서로 간에 대등하고 균형적이어야 하는데, 이것을 검증하는 것이 본질적 균형성 평가이다. 만약 [예시-16]의 소주제를 "책임", "세수", "재정"이라고 변경한다면, "세금 징수를 통한 정부의 수입"인 "세수"는 "정부의 수입과 정부의 지출"을 의미하는 "재정"에 포함되기에,[152] "세수"와 "재정"이라는 소주제 간에는 균형성이 무너진다. 이에 반해, "책임", "세수", "고용"이라는 소주제는 균형성 평가를 통과한다. 한편, 논증성 평가와 균형성 평가를 동시에 통과하는 소주제 3가지는 'MECE 원칙'을 지킨 것이다.[153]

---

152. 국립국어원 표준국어대사전.

153. Barbara Minto, *supra* note 73.

	소주제-1	소주제-2	소주제-3
명사	책임	세수	고용
부사구	책임이라는 측면에서	세수라는 측면에서	고용이라는 측면에서
명사구	재벌 제어	복지재원 확보	양극화 해소
부사 + 명사구	책임이라는 측면에서 재벌 제어	세수라는 측면에서 복지재원 확보	고용이라는 측면에서 양극화 해소
문장	우선, 책임이라는 측면에서, 밀턴 프리드먼의 주장은 개인의 사회적 책임을 회피하려는 일부 재벌의 시도를 제어하는 데 도움이 된다.	다음으로, 세수라는 측면에서, 밀턴 프리드먼의 주장은 사회복지에 필요한 재원확보에 도움이 된다.	이에 더해, 고용이라는 측면에서, 밀턴 프리드먼의 주장은 양질의 일자리 창출을 통한 양극화 문제의 해결에 도움이 된다.
문단			

[예시-17. 형식적 균형성]

둘째, 3가지 소주제 간의 형식적 균형성을 검증하라. 각각의 소주제는 서로 간에 그 내용의 본질적 균형성은 물론 그 표현의 형식적 균형성 또한 지켜야 한다. 이를 위해 구체적 '표현'이 아닌 추상적 '생각'으로 3단계 개요짜기를 수행해야지만 형식적 균형성을 보다 쉽게 유지할 수 있다.[154] [예시-17]과 같이, "책임, 세수, 고용"이라는 '명사'의 형식으로 먼저 소주제 간의 형식적 균형성을 지키고, 이것을 추후 필요에 따라서 "책임이라는 측면에서, 세수라는 측면에서, 고용이라는 측면에서"라는 '부사구', "책임이라는 측면

---

154. 자세한 내용은 "1.2. 추상적 '생각'과 구체적 '표현'" 참고.

에서 재벌 제어, 세수라는 측면에서 복지재원 확보, 고용이라는 측면에서 양극화 해소"라는 '부사 + 명사구' 등으로 형식적 균형성을 유지하면서 보다 구체화할 수 있다.[155]

셋째, 근거 제시 방법의 균형성을 추가적으로 고려하라. 원칙적으로 균형성 평가는 3가지 소주제 간의 본질적 그리고 형식적 균형성을 검증하는 것으로 충분한다. 다만, 좀더 욕심을 부리자면, 본론 각 문단의 근거 제시 방법이 한쪽으로 치우치지 않고 어느 정도 균형성을 유지하면 더욱 좋다. 즉, 일반적으로 많이 활용되는 예시, 통계자료, 전문가 의견은 물론 사례연구, 일화, 시각자료, 가상사례, 실험결과, 문헌자료 등 다양한 방법으로 근거를 제시하는 것이 바람직하다. 예컨대, [예시-04]의 본론 첫 문단에서는 모 재벌 회장의 CSRs 악용 예시와 컬럼비아대학교 바그와티 교수의 PSRs 관련 전문가 의견이, 그리고 두 번째와 세 번째 본론 문단에서는 통계청과 한국은행의 통계자료가 각각 활용되었다.[156]

요컨대, 균형성 평가란 3가지 소주제가 본질적으로 그리고 형식적으로 서로 간에 대등하고 균형적인지 여부를 검증하고, 이에 더해 근거 제시 방법의 균형성을 고려하는 것이다. 논리적 글쓰기를 많이 해본 사람들 중 상당수가 연관성 평가와 논증성 평가에 비

---

155. 논리적 글쓰기의 4단계 글쓰기에서 소주제문과 근거문장으로 구성되어 1가지 소주제를 전달하는 본론의 각 문단도 그 '분량'에 있어 서로 간에 형식적 균형성을 유지해야 한다. 자세한 내용은 "3.1. 5-문단 에세이" 참고.

156. 자세한 내용은 "3.4. 본론" 참고.

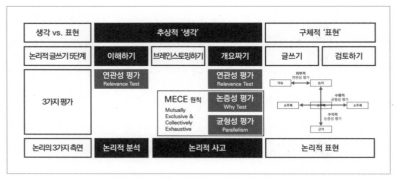

[도표-32. 3가지 평가와 논리적 글쓰기의 절차]

해 균형성 평가가 훨씬 더 어렵다고 말한다. 이러한 어려움은 결국 추상적 '생각'과 구체적 '표현'을 보다 철저하게 구별하는 것으로 극복될 수 있다. 즉, (1) 이해하기, (2) 브레인스토밍하기, (3) 개요 짜기의 경우 반드시 추상적 '생각'으로, (4) 글쓰기와 (5) 검토하기 는 반드시 구체적 '표현'으로 각각 작업해야 한다. 결국 비논리적인 '생각'을 '논리'라는 인위적인 틀에 집어넣는 3단계 개요짜기의 3 가지 평가는 논리적 글쓰기의 본질이자 핵심이다.

4.5. '더와 딜'의 게임

하버드대학교 새뮤얼 헌팅턴 교수의 『문명의 충돌』[157]이라는 책은 1996년 출간 직후 한국은 물론 전세계적 베스트셀러가 되었다. 이념적, 정치적, 경제적 대립이 팽배했던 냉전 시대와는 달리, 냉전 이후의 세계는 서로 다른 문명과 문명 간의 충돌이 지배할 것이라는 주장이 이 책의 결론이다. 헌팅턴은 문명과 문명이 부딪히는 단층선이 미래의 전쟁터가 될 것이라고 강조하며, '서구문명'과 '비서구문명'(특히, '이슬람문명')의 충돌 가능성을 예견했다. 헌팅턴의 주장은 엄청난 찬사와 비난을 동시에 받는 세계적 논쟁의 대상이 되었다. 이후 세계 주요 언론들이 '서구'와 '이슬람' 간의 '문명의 충돌'이라는 관점에서 2001년 9/11 사태를 평가함으로써, 헌

---

157. See Samuel P. Huntington, *The Clash of Civilizations: The Remaking of World Order* (New York, NY: Simon & Schuster, 1996). 이 책의 주제인 '문명의 충돌'이라는 새뮤얼 헌팅턴 교수의 주장은 1993년 발표된 논문에서 이미 제기된 바 있다. See Samuel P. Huntington, "The Clash of Civilizations?", *Foreign Affairs* (Summer 1993).

팅턴의 책이 다시 한번 세계적 주목을 받았다.[158]

한편, 9/11 이후 '문명의 충돌'이라는 관점에 사로잡힌 주요 언론 보도에 분노한 컬럼비아대학교 에드워드 사이드 교수는 '무지의 충돌'이라는 지극히 감정적인 제목의 논문을 통해 '문명의 충돌'이라는 헌팅턴의 주장을 맹비난했다.[159] 즉, '서구'와 '비서구'라는 이분법적 사고에 기반한 헌팅턴의 '무지'가 실제로는 존재하지도 않는 '서구문명', '비서구문명'(특히, '이슬람문명')이라는 허구의 존재를 만들었고, 이 허구의 존재들이 서로 충돌할 것이라는 엉터리 결론에 도달했다는 것이다. 사이드는 너무나도 다양하고 복잡하며 역동적인 세상을 그저 '서구', '비서구'라는 단순한 흑백논리에 기반한 이분법적 사고로 이해하려한 헌팅턴의 '무지' 즉, '이분법의 오류'[160]를 신랄하게 비판했다.[161]

다양하고 복잡하며 역동적인 세상을 '흑과 백', '선과 악', '옳고 그름', '정답과 오답', '적과 동지' 등과 같은 이분법적 사고로 단순화해서 이해하려는 것은 어찌 보면 자연스러운 인간의 본성인지도 모르겠다. 더욱이 아날로그 시대가 끝나고 모든 정보를 '0과 1'

---

158. 이상혁, *supra* note 48, pp. 63-68.

159. See Edward W. Said, "The Clash of Ignorance", *The Nation* (Oct. 4, 2001). 한편, 독일의 정치학자 하랄트 뮐러는 서로 다른 문화는 공존할 수 있다는 '문화적 상대주의'(Cultural Relativism)의 관점에서 서로 다른 문화는 충돌할 것이라는 '문화적 절대주의'(Cultural Absolutism)에 기반한 헌팅턴의 주장을 비판했다. 자세한 내용은 하랄트 뮐러, 『문명의 공존: 하랄트 뮐러의 反헌팅턴 구상』 (서울: 푸른숲, 2000) 참고.

160. 이분법의 오류(False Dichotomy)는 대표적인 논리적 오류의 한 유형이다. 논리적 오류와 관련한 자세한 내용은 "논증과 논리적 오류" 참고.

161. 이상혁, *supra* note 48, p. 66 참고.

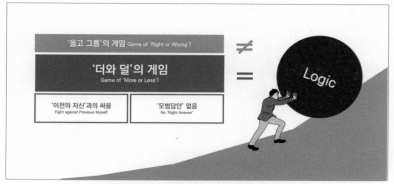

[도표-33. 논리적 글쓰기: '더와 덜'의 게임]

이라는 이진수로 환원하는 이진법에 기반한 디지털 시대의 등장 이후, 이러한 인간의 본성이 점차 강화되고 있는 측면도 있다. 심지어 '논리적 글쓰기'를 이해하고 배우는 것에도 '정답과 오답', '맞는 글과 틀린 글', '100점과 0점'과 같은 이분법적 사고로 접근하려는 사람들이 있다. 단언컨대, 논리적 글쓰기는 이분법적 사고로 접근하는 'O와 X'의 게임이 아니라 '올바른 방향'으로 한걸음 한걸음 꾸준히 나아가는 '더와 덜'의 게임이다.

따라서, '더와 덜'의 게임인 논리적 글쓰기를 위해서는 '이전의 자신'과 끝없이 싸워야 한다. 물론 '올바른 방향' 즉, '논리'가 무엇인지에 대해 정확하게 이해하는 것과 관련해서는 '올바른 이해와 그릇된 이해' 즉, '옳고 그름'이 분명히 있다. 그러나 일단 '올바른 방향'을 잡은 후에는, 오로지 연관성 평가, 논증성 평가, 균형성 평가라는 무기를 들고 '이전의 자신'과 끝없이 싸워야 한다. 즉, 자신이 만든 논지, 소주제, 근거 간의 논리적 흐름을 조금이라도 개선하기 위해 끝없이 노력해야 한다. 이에 논리적 글쓰기에 있어 '완성' 혹은 '완벽'이란 없다. 마치 신들의 노여움을 사 끝없이 바위를 언덕 위로 밀어 올리는 시지프스의 운명처럼,[162] '이전의 자신'이 쓴 글을 끝없이 개선할 뿐이다.

또한, '더와 덜'의 게임인 논리적 글쓰기를 위해서는 존재하지도 않는 '모범답안'을 찾으려 하면 안 된다. 만약 '모범답안'이 존재한다면, 논리적 글쓰기의 결과물은 모두 똑같아질 것이다. 그러나 '논리'라는 '올바른 방향'의 유사점에도 불구하고, 모든 논리적인 글은 서로 다르다. 한편, '모범Model'과 '예시Example'는 전혀 다른 말이다. 이에 '논리적 글쓰기'를 배울 때 '예시답안'을 활용할 수는 있다. '이전의 타인'이 쓴 '예시답안'에 대한 비판적 분석을 통해 무엇이 '왜' 잘못되었는지, '어떻게' 수정해야 하는지 등을 고민해 봄으로써, 자신의 글을 좀더 개선할 수 있다. 즉, 보다 중요한 '이전의 자신'과의 싸움에 더해 '이전의 타인'과의 싸움을 추가적인 학습의 도구로 활용할 수 있다.

---

162. See "Sisyphus", Wikipedia, https://en.wikipedia.org/wiki/Sisyphus, accessed June 2021, and Albert Camus, *The Myth of Sisyphus* (Vintage International, 2018).

" 논지가 논리라는 틀에 올바르게 담기게 되면

글 전체에 논리적 흐름이 생기게 된다.

논리적 흐름이 강할수록

더욱 좋은 논리적 글쓰기가 완성된다. "

제5장

더 좋은 평가를 위한 5가지 질문

5.1. 얼마나 주관적인가?

　　논리적 글쓰기에 있어 좀더 좋은 평가를 받기 위해 스스로에게 던져야 하는 첫 번째 질문은 자신의 글이 "얼마나 주관적인가?" 즉, 주관성에 관한 것이다. 논리적인 글이란 논쟁의 대상(이슈)에 대한 자신의 주관적 '의견'인 논지를 논리라는 틀에 담은 지극히 주관적인 글이다. 글 전체가 전달하려는 논지 즉, 주관적 '의견'이 없는 글은 설명문은 될 수 있어도 결코 논리적인 글은 아니다. 다만, 그러한 논지가 좀 덜 주관적인 '의견'인 소주제와 객관적 '사실'에 기반한 근거에 의해 논증되어야 한다.[163] 다시 말해, 논리적 글쓰기는 지극히 주관적인 논지를 지극히 객관적으로 논증하는 것이다. 따라서 다음 3가지에 주목하여 자신의 글이 "얼마나 주관적인가?" 스스로에게 질문해 보아야 한다.

---

163. 자세한 내용은 "4.3. 논증성 평가" 참고.

첫째, 주관성 기준 문장의 4가지 유형을 구별하라. 영어의 경우 주관성을 기준으로 문장의 유형을 [예시-18]과 같이 분류할 수 있다. 1인칭 주어 'I'를 사용한 유형-①이 가장 주관적인 진술이다. '분명함·강력함'이라는 장점과 '유치함'이라는 단점을 동시에 가지고 있는 유형-①은 신중하게 사용해야 한다.[164] 부사구에 사용된 1인칭 'my'와 조동사 'should'로 주관적 '의견'을 드러낸 유형-②가 그 다음으로 주관적이다. 유형-③은 1인칭을 사용하지 않고 조동사 'should'로 주관적 '의견'을 드러낸다. 일반적으로 논리적 글쓰기의 주관적 '의견' 전달에 유형-②와 유형-③을 가장 많이 활용한다. 유형-④는 오로지 객관적 '사실'을 전달하는 진술방식이다.[165] 한편, 한국어 문장의 경우 [예시-19]와 같다.[166]

둘째, 주관성 기준 논지, 소주제, 근거 간의 논리적 위계질서를 기억하라. [도표-10]과 같이, 주관성과 객관성이라는 측면에서 논지, 소주제, 근거 간에는 분명한 논리적 위계질서가 존재한다.[167] 우선, 논지는 논쟁의 대상인 이슈에 대한 자신의 주관적 '의견'이

---

164. "영어 Essay에서는 1인칭 주어 'I'를 쓰면 안 된다."라는 주장은 틀렸다. 영어로 논리적 글쓰기를 할 때 1인칭 주어 'I'는 쓸 수 있다. 다만, 1인칭 주어 'I'는 전달하고자 하는 주관적 '의견'을 매우 '분명하고 강하게'(Clear & Strong) 전달한다는 장점과 지나치게 '유치하다'(Childish)는 단점을 동시에 가지고 있다. 만약 자신의 '의견'을 매우 분명하고 강하게 전달하고자 하는 '의도'가 있다면 논지진술, 결론진술, 소주제문에 1인칭 주어 'I'를 쓸 수 있다. 물론, 그 단점으로 인한 비난의 가능성은 감수해야 한다.

165. 자세한 내용은 "1.4. 주관적 '의견'과 객관적 '사실'" 참고.

166. 한국어를 쓰는 사람들은 일반적으로 영어를 쓰는 사람들에 비해 주관적 '의견'을 '분명하고 강하게' 전달하는 것을 좀더 불편해 하는 경향이 있다. 이에 한국어로 논리적 글쓰기를 할 경우 [예시-19]의 유형-①은 물론 유형-②의 활용에도 매우 신중해야 한다. 따라서 한국어 논리적 글쓰기의 주관적 '의견' 전달에는 유형-③을 가장 많이 활용한다.

167. 자세한 내용은 "2.2. 브레인스토밍하기" 참고.

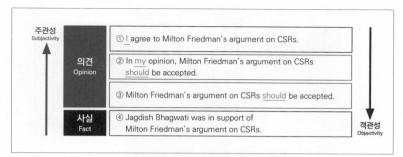

[예시-18. 주관성 기준 4가지 유형의 영어 문장]

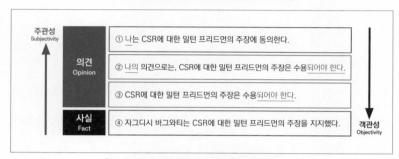

[예시-19. 주관성 기준 4가지 유형의 한국어 문장]

다. 이러한 논지는 반드시 '왜냐하면'이라는 이유 즉, '이유가 되는 주장'인 3가지 소주제에 의해 뒷받침되어야 한다. 물론 소주제는 논지에 비해서 객관성이 더 높고 주관성은 더 낮다. 다만, 소주제 또한 여전히 주관적 '의견'에 불과하기에 객관적 '사실'에 기반한 충분한 근거를 통해 추가적으로 뒷받침되어야 한다. 이렇듯 논지는 지극히 주관적이고, 소주제는 조금 덜 주관적이며, 근거는 지극히 객관적이다.

셋째, 주관성 기준 논지, 소주제, 근거를 전달할 적절한 문장 유형을 선택하라. [도표-34]와 같이, 주관적 '의견'인 논지를 전

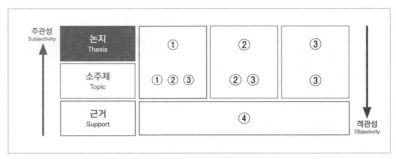

[도표-34. 주관성 기준 적절한 문장 유형의 선택]

달할 논지진술과 결론진술은 유형-①, 유형-②, 유형-③의 문장으로 구체화될 수 있다. 논지진술과 결론진술에 유형-①을 쓴 경우, 소주제문에는 유형-①, 유형-②, 유형-③ 중 하나를 활용할 수 있다.[168] 만약, 논지진술과 결론진술을 유형-②로 표현한 경우, 소주제문은 유형-② 혹은 유형-③으로 쓸 수 있다.[169] 만약, 논지진술과 결론진술에 유형-③이 쓰인 경우, 소주제문은 오직 유형-③으로만 써야 한다. 다만, 영어 유형-①, 한국어 유형-①과 유형-②의 경우, 1인칭 사용의 장점·단점을 고려하여 신중해야 한다. 객관적 '사실'을 전달하는 근거문장은 원칙적으로 유형-④로 표현된다.

요컨대, 주관성 기준 문장의 4가지 유형을 구별하고, 논지·소주제·근거 간의 논리적 위계질서를 기억하며, 논지·소주제·근거를 전달할 적절한 문장 유형을 선택했는지 주목함으로써, 자신의 글

---

168. 물론 논지에 비해 소주제가 조금 덜 주관적이기 때문에, 소주제문을 유형-② 혹은 유형-③으로 하는 것이 좀더 논리적이다.

169. 물론 논지에 비해 소주제가 조금 덜 주관적이기 때문에, 소주제문을 유형-③으로 하는 것이 좀더 논리적이다.

이 "얼마나 주관적인가?" 스스로에게 질문해 보라. 논리적 글쓰기는 주관적 '의견'인 논지를 전달하는 것이다. 따라서 1인칭을 활용하는 유형-①과 유형-②를 논지진술, 결론진술, 소주제문에 쓸 수도 있다. 다만, '분명함·강력함'이라는 장점과 '유치함'이라는 단점을 고려하여 좀더 신중할 필요는 있다. 중요한 점은 주관적 '의견'을 전달하는 유형-①, 유형-②, 유형-③을 근거문장에 사용해서는 안 된다는 것이다. 반대로, 객관적 '사실'을 전달하는 유형-④를 논지진술, 결론진술, 소주제문에 쓸 수는 없다.

“
　　　논리적 글쓰기는
지극히 주관적인 논지를
　　지극히 객관적으로
　논증하는 것이다.　”

5.2. 얼마나 일관적인가?

논리적 글쓰기에 있어 좀더 좋은 평가를 받기 위해 스스로에게 던져야 하는 두 번째 질문은 자신의 글이 "얼마나 일관적인가?" 즉, 일관성에 관한 것이다. '일관성'의 사전적 의미는 "방법이나 태도 따위가 한결같은 성질"[170]이다. 영어 'Consistency'는 "항상 비슷한 방식으로 행동하거나 수행하거나, 혹은 발생하는 성질"[171]을 의미한다. 논리적인 글의 중요한 특징 중 하나는 수미일관首尾一貫 즉, '처음부터 끝까지 변함없이' 논쟁의 대상에 대한 자신의 논지를 논리라는 틀에 '일관성 있게' 집어넣었다는 것이다. 따라서 다음과 같이 주요 용어의 사용, 주관적 '의견'의 제시, 글 전체의 논리 구조에 있어 자신의 글이 "얼마나 일관적인가?" 스스로에게 질문해 보

---

170. 국립국어원 표준국어대사전.

171. The term 'Consistency' refers to "the quality of always behaving or performing in a similar way, or of always happening in a similar way." Cambridge Dictionary.

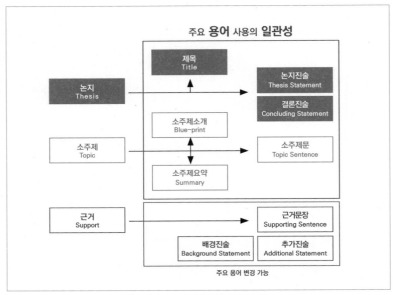

[도표-35. 주요 용어 사용의 일관성]

아야 한다.

첫째, 주요 용어의 사용에 일관성을 유지해야 한다. 예컨대, 'Corporate Social Responsibilities' 혹은 'CSRs'에 대응하는 가장 정확한[172] 한국어 용어는 '기업의 사회적 책임'이다. 만약 논리적 글쓰기를 할 때 '기업의 사회적 책임'이라는 용어를 '회사의 사회적 책임', '기업의 공적 역할', '기업의 공동체적 책임', '회사의 사회적 역할', '기업의 사회적 역할' 등과 뒤썩어 사용한다면 주요 용어의

---

172. '정확성'과 관련한 자세한 내용은 "5.3. 얼마나 정확한가?" 참고.

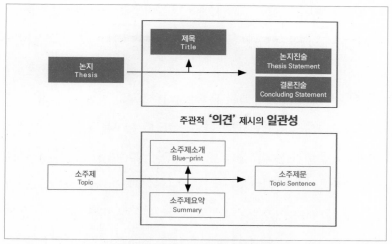

[도표-36. 주관적 '의견' 제시의 일관성]

사용에 일관성이 무너진다.[173] 이에 중요한 개념이 정확하게 전달되기 어려워진다. 물론 글 전체에 걸쳐 오직 하나의 용어만을 사용한다면, '반복'과 '지루함'이라는 비난을 받을 수도 있다. 따라서 [도표-35]와 같이, 최소한 ('논리적 위계질서'에서 상위인) 논지와 소주제의 전달에서 만큼은 일관된 용어를 사용해야 한다.

둘째, 주관적 '의견'의 제시에 일관성을 유지해야 한다. 글 전체를 통해 제시되는 가장 중요한 주관적 '의견'인 논지는 제목에서 명사구의 형식으로, 논지진술과 결론진술에서는 문장의 형식으로 각각 구체화된다. 따라서 제목, 논지진술, 결론진술 간에는 주요 표

---

173. 영어로 논리적 글쓰기를 할 때도, 'Corporate Social Responsibilities' 혹은 'CSRs'이라는 용어를 'Company's Social Responsibilities', 'Pubic Role of Firms', 'Firm's Social Responsibilities', 'Corporate Social Roles' 등의 용어와 뒤섞어 사용한다면 동일하게 일관성이 무너진다.

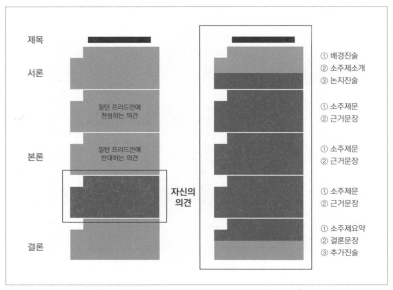

제목

서론
① 배경진술
② 소주제소개
③ 논지진술

밀턴 프리드먼에
찬성하는 의견
① 소주제문
② 근거문장

본론
밀턴 프리드먼에
반대하는 의견
① 소주제문
② 근거문장

자신의
의견
① 소주제문
② 근거문장

결론
① 소주제요약
② 결론문장
③ 추가진술

[예시-20. 글 전체 논리 구조의 일관성]

현(즉, 용어)은 물론 그 내용의 일관성도 유지되어야 한다. 한편, 논지를 뒷받침하는 주관적 '의견'인 소주제 3가지는 소주제소개와 소주제요약에서 명사구, 부사구 등의 형식으로, 소주제문에서는 문장의 형식으로 각각 구체화된다.[174] 따라서 소주제소개, 소주제요약, 소주제문 간에도 주요 용어의 일관된 사용은 물론 그 내용의 일관성이 유지되어야 한다.[175] 다만, 지나친 '반복'과 '지루함'이라는 비난을 피하기 위해 일부 표현의 변경은 필요하다.

---

174. 자세한 내용은 "2.4. 글쓰기" 참고.

175. 글의 자연스러운 마무리를 목적으로 하는 추가진술의 경우 앞서 제시된 자신의 주장을 부정하지 않는 범위 내에서 무엇이든 가능하다고 설명한 바 있다. 이러한 추가진술 관련 제한도 결국 주관적 '의견' 제시의 일관성이라는 측면에서 이해할 수 있다. 자세한 내용은 "3.5. 결론" 참고.

셋째, 글 전체의 논리 구조에 일관성을 유지해야 한다. 논리적 글쓰기에 도전하는 초보자들이 가장 많이 저지르는 실수 중 하나가 [예시-20]의 왼쪽 글과 같이 글 전체의 논리 구조를 짜는 것이다. 즉, 본론의 문단1은 어떤 논란이 있는 주제에 대한 '찬성'의 입장을, 문단2는 '반대'의 입장을, 그리고 문단3은 '자신의 의견'을 각각 넣어 본론의 구조를 짜고, 여기에 서론 문단과 결론 문단을 붙이는 것이다. 얼핏 보면, 왼쪽 글은 오른쪽 글과 형식적 측면에서 유사해 보인다. 그러나 '글 전체 논리 구조의 일관성'이라는 본질적 측면에서 두 글은 전혀 다르다.[176] 오른쪽 글은 5개 문단을 모두 사용해서 자신의 논지를 전달하는 반면, 왼쪽 글은 오로지 1개의 문단만으로 자신의 논지를 전달하고 있다.[177]

요컨대, 주요 용어의 사용[178], 주관적 '의견'의 제시, 그리고 글 전체의 논리 구조와 관련하여 자신의 글이 "얼마나 일관적인가?" 스스로에게 질문해 보라. 결국 논리적 글쓰기에 있어 일관성을 유

---

176. 이렇듯 겉으로 보이는 형식은 비슷하지만 내면의 본질이 전혀 다른 것을 '사이비'라고 한다. 한자어 '사이비'(似而非)의 의미는 '비슷하다 그러나 다르다.'(similar but different) 즉, "겉으로는 비슷하나 속은 완전히 다름"을 의미한다. 쉽게 말해, '가짜' 혹은 '짝퉁'이다. 국립국어원 표준국어대사전.

177. 왼쪽 글의 4개 문단(서론, 결론, 그리고 본론의 문단1, 문단2)은 논쟁의 대상인 이슈를 보여주는 (오른쪽 글의) 배경진술에 불과하다. 따라서 왼쪽 글은 이슈를 보여주는 부분이 지나치게 많아 글의 대부분을 차지한다. 한편, 가장 중요한 자신의 비판적 의견 즉, 논지는 오직 1개의 문단을 통해서만 제시되었다. 이에, 왼쪽 글은 글 전체 논리 구조의 일관성이 무너진 것이다.

178. 참고로 이 책의 경우에도 중요한 개념을 전달하는 주요 용어의 사용에 일관성을 유지했다. 예컨대, 논지(Thesis), 소주제(Topic), 근거(Support), 제목(Title), 논지진술(Thesis Statement), 결론진술(Concluding Statement), 소주제문(Topic Sentence), 근거문장(Supporting Sentence), 연관성 평가(Relevance Test), 논증성 평가(Why Test), 균형성 평가(Parallelism Test), 이해하기(Understanding), 브레인스토밍하기(Brain-storming), 개요짜기(Out-lining), 글쓰기(Writing), 검토하기(Proof-reading) 등의 용어가 책 전체를 통해 일관되게 사용되었다. 자세한 내용은 "주요 용어" 참고.

지한다는 것은 '단어', '문장', '문단' 차원의 언어능력을 넘어 '단락' 혹은 온전한 한 편의 '글' 차원에서 전체를 논리적으로 통제할 수 있는 언어능력이 갖추어졌음을 보여주는 강력한 증거이다.[179] 예컨대, 일관성을 유지한다는 것은 [예시-04]와 같이 총 473개의 단어·구를 모아 하나의 생각을 담은 문장 35개를, 총 35개의 문장을 모아 더 큰 하나의 생각을 담은 문단 5개를 각각 만들고, 총 5개의 문단을 모두 활용하여 '논리적 흐름'이 있는 논리적 글쓰기를 할 수 있다는 것이다.[180]

---

179. 자세한 내용은 "1.2. 추상적 '생각'과 구체적 '표현'" 및 "1.3. 영어능력의 발전단계" 참고.

180. 자세한 내용은 "2.4. 글쓰기" 및 "4.1. 논리적 흐름" 참고.

5.3. 얼마나 정확한가?

    논리적 글쓰기에 있어 좀더 좋은 평가를 받기 위해 스스로에게 던져야 하는 세 번째 질문은 자신의 글이 "얼마나 정확한가?" 즉, 정확성에 관한 것이다. 한국어 '정확성'의 사전적 의미는 "바르고 확실한 성질 또는 그런 정도"[181]이다. 영어 'Accuracy'는 "정확하거나 올바른 사실"[182]을 의미한다. 정확성이 무너진 글은 논리적 글쓰기의 근본 목적인 설득 즉, 논증을 통해 자신의 생각을 상대방에게 전달해서 상대방의 생각과 행동을 변화시키는 것에 실패할 수밖에 없다.[183] 심지어 정확성이 무너진 글은 그 글의 저자에 대한 독자의 신뢰마저 무너트린다. 따라서 주요 용어의 사용, 객관적 '사실', 그리고 문법·철자·양식과 관련하여 자신의 글이 "얼마나 정확

---

181. 국립국어원 표준국어대사전.

182. The term 'Accuracy' refers to "the fact of being exact or correct." Cambridge Dictionary.

183. 자세한 내용은 "1.1. 논리! 설득의 핵심" 참고.

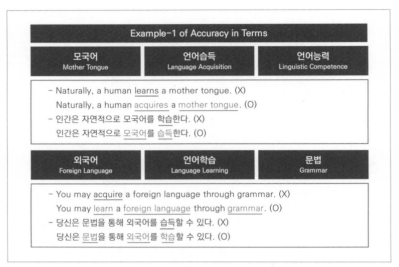

[예시-21. 용어의 정확성_언어학]

한가?" 스스로에게 질문해 보아야 한다.

첫째, 주요 개념을 전달할 때 정확한 용어를 사용하라. 예컨대, 언어학에서는 [예시-21]과 같이 용어를 구별한다. '모국어'의 경우 인간의 '언어능력'에 기반하여 자연스럽게 그 언어를 사용할 수 있게 되는 '언어습득'의 과정을 거치고, '외국어'의 경우 '문법'이라는 인위적인 수단을 통해 언어를 배우는 '언어학습'의 과정을 거친다.[184] 한편, 국제관계 및 국제법에서도 [예시-22]와 같이 용어를 구별한다. '국제기구'인 '세계무역기구'에 참여한 국가들은 '회원국'으로 그리고 '국제조약'인 '한미자유무역협정'에 참여한 국가

---

184. 자세한 내용은 "1.2. 추상적 '생각'과 구체적 '표현'" 및 "1.3. 영어능력의 발전단계" 참고.

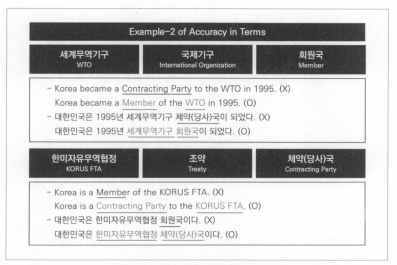

[예시-22. 용어의 정확성_국제관계·국제법]

들은 '체약(당사)국'으로 부른다. 결국 주요 개념을 전달하는 정확한 용어를 올바르게 활용할 수 있기 위해서는 해당 분야에 대한 이해도를 점진적으로 그리고 끊임없이 향상시켜야 한다.

둘째, 객관적 '사실'의 진위 여부를 정확하게 확인하라. 논리적 글쓰기에서 객관적 '사실'은 주로 근거문장을 통해 제시된다.[185] 만약 근거문장을 통해 제시된 개관적 '사실'이 정확하지 않다면, 소주제와 논지를 논리적으로 증명할 수 없다. 따라서 객관적 '사실'의 정확성을 유지하기 위해서 반드시 '일차적 출처'를 직접 확인하고 그 출처를 주석 및 참고 문헌에 정확하게 정리하는 습관을 가져야

---

185. 물론 '배경진술'과 '추가진술'에서도 객관적 '사실'이 제시될 수 있다.

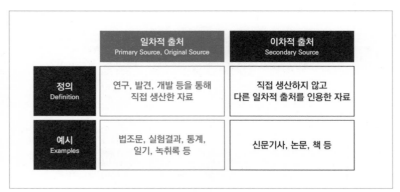

	일차적 출처 Primary Source, Original Source	이차적 출처 Secondary Source
정의 Definition	연구, 발견, 개발 등을 통해 직접 생산한 자료	직접 생산하지 않고 다른 일차적 출처를 인용한 자료
예시 Examples	법조문, 실험결과, 통계, 일기, 녹취록 등	신문기사, 논문, 책 등

[도표-37. 일차적 출처 vs. 이차적 출처]

한다. 예컨대, '이차적 출처'인 신문에서 본 "2018년 한국-미국 교역량 전년 대비 8.4% 증가"라는 객관적 '사실'을 자신의 근거문장에 사용하려면, '일차적 출처'를 찾아 그 진위 여부를 확인해야 한다.[186] 참고로 '일차적 출처'인 산업통상자원부 보도자료에 따르면, 교역량 증가율이 8.4%가 아니라 10.3%이다.[187]

셋째, 문법·철자·양식의 정확성을 유지하라. 문법의 정확성을 유지하기 위해 영어의 경우 (1) "Defined?"와 (2) "Countable?"이라는 2가지 질문을 통해 관사의 정확한 사용 여부를, 그리고 (1) "Subject = Verb?", (2) "Noun = Pronoun?", (3) "Verb = Adverb?"라는 3가지 질문을 통해 일치 여부를 검증해야 한다.[188]

---

186. 주관적 '의견'과 객관적 '사실'을 분별하고, 전자에 대해 '왜?'라는 질문을 던지고 후자에 대해 그 '진위 여부'를 확인하는 것이 비판적 사고의 핵심이다. 자세한 내용은 "1.4. 주관적 '의견'과 객관적 '사실'" 참고.

187. 산업통상자원부, *supra* note 37.

188. 이외 영어 관련 글쓰기 규칙은 William Strunk Jr. and E. B. White, *The Elements of Style*, 4th Edition (Harlow: Pearson, 2019) 참고.

한국어의 경우 문법의 정확성을 유지하기 위해 하나의 주어와 하나의 동사라는 원칙에 충실하며, '한국인이 자주 틀리는 맞춤법'을 중심으로 전반적인 문장의 오류를 검토해야 한다. 이에 더해, 철자의 오류와 오타를 꼼꼼하게 수정해야 한다.[189] 또한, "A4 용지, 1000자 이내, KoPub바탕체, 글자크기 10, 줄간격 1.5" 등과 같이 특정 양식이 요구되는 경우, 반드시 그 양식을 따라야 한다.

요컨대, 주요 개념을 전달할 때 정확한 용어를 사용하고, 객관적 '사실'의 진위 여부를 정확하게 확인하며, 문법·철자·양식의 정확성을 유지했는지 주목함으로써, 자신의 글이 "얼마나 정확한가?" 스스로에게 질문해 보라. 용어의 사용, 객관적 '사실', 문법·철자·양식에 있어 정확성이 무너진 글에 설득당하는 독자는 없다. 설득력이 없는 글은 논리적일 수 없다. 따라서 정확성이 무너진 글은 결코 논리적이지 않다. 이에 논리적 글쓰기를 위해서는 반드시 해당 분야에 대한 이해도를 끊임없이 향상시키고, '일차적 출처'를 직접 찾아 진위 여부를 확인하며, 문법·철자 관련 오류의 수정 및 양식 관련 요구의 이행을 통해 정확성을 유지해야 한다. 이렇듯 정확성은 논리적인 글의 가장 중요한 특징 중 하나이다.

---

189. '문법'과 '철자'의 정확성을 확보하는 것이 논리적 글쓰기의 5단계 검토하기의 핵심이다. 자세한 내용은 "2.5. 검토하기" 참고.

> 논리적 글쓰기에서 추구하는 독창성은
> 논리와 논리적 흐름이라는 맥락에서
> 즉, 연관성 평가, 논증성 평가, 균형성 평가를
> 통과하는 범위 내에서
> 논지, 소주제, 근거가 독창적임을 의미한다.

5.4. 얼마나 독창적인가?

　　논리적 글쓰기에 있어 좀더 좋은 평가를 받기 위해 스스로에게 던져야 하는 네 번째 질문은 자신의 글이 "얼마나 독창적인가?" 즉, 독창성에 관한 것이다. 한국어 '독창성'의 사전적 의미는 "다른 것을 모방함이 없이 새로운 것을 처음으로 만들어 내거나 생각해 내는 성향이나 성질"[190]이다. 영어 'Originality'는 "특별하고 흥

[도표-38. 독창적 표현: '기업의 사회적 책임은 이윤확대']

---

190. 국립국어원 표준국어대사전.

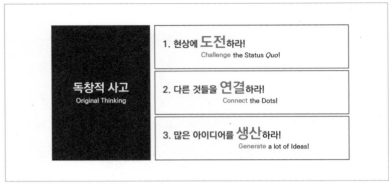

[도표-39. 독창적 사고의 3 원칙]

미로우며 다른 것 혹은 다른 사람과 동일하지 않은 성질"[191]을 의미

한다. 다만, 논리적 글쓰기에 있어 독창성이란 [도표-38]과 같은 표

현 방식의 독창성과는 다르다.[192] 논리적 글쓰기에 있어 독창성이란

'논리'와 '논리적 흐름'이라는 맥락에서의 독창성이다. 이에 논지,

소주제, 근거의 제시에 있어 자신의 글이 "얼마나 독창적인가?" 스

스로에게 질문해 보아야 한다.

　첫째, 독창적 논지를 제시해야 한다. 요즘 유행하는 말로 '답

정너' 즉, '답은 이미 정해져 있고 너는 대답만 하면 돼'라는 표현

이 있다. 논리적 글쓰기의 논지는 이러한 '답정너'와는 전혀 무관하

다. 논지 결정에 있어 '이미 정해진 답'이란 없다. 영향력 있는 전문

---

191. The term 'Originality' refers to "the quality of being special and interesting and not the same as anything or anyone else." Cambridge Dictionary.

192. [도표-38]은 '기업의 사회적 책임은 이윤확대'라는 논지를 '독창적'으로 표현해 본 것이다. 비록 이것이 표현에 있어 매우 '독창적'일 수는 있어도, 결코 논리적이거나 설득력이 있지는 않다. 어느 누구도 이것을 보고 '기업의 사회적 책임은 이윤확대'라는 논지에 설득당해서 동의하지는 않을 것이다.

가의 의견, 사회 구성원 다수의 입장, 당연한 것으로 수용되는 관행 등을 '이미 정해진 답'으로 수용하는 사람은 결코 독창적 논지를 가질 수 없다. 독창적 논지를 가지려면 '왜?'라는 질문으로 이미 당연한 것으로 받아들여지고 있는 '현상'에 대해 '당돌하게'[193] 도전해야 한다.[194] 즉, 논쟁의 대상인 이슈에 대한 오로지 자신만의 비판적 의견을 논지로 결정해야 한다. 다만, 연관성 평가를 통과하는 범위 내에서 논지가 독창적이어야 한다.[195]

둘째, 독창적 소주제를 제시해야 한다. 논지를 뒷받침할 독창적 소주제를 가지기 위해서는 '현상에 도전'하는 것 이외에도 '다른 것들을 연결'[196]하는 독창적 사고가 필요하다. 예컨대, 직접적으로 연관된 '경영'이라는 측면뿐 아니라 '문화', '환경', '법률', '철학', '정치' 등 일견 무관할 것 같은 측면에서도 '기업의 사회적 책임은 이윤확대'라는 논지를 증명할 소주제를 생각해 보는 것이다. 즉, 예

---

193. 유대인 창의성의 원천으로 평가 받는 '후츠파'(Chutzpah) 정신이 이러한 '당돌함'(audacity)의 대표적 사례이다. 히브리어 '후츠파'는 '부끄러움 없는 당돌함, 뻔뻔스러움, 용기, 도전, 주제넘은 오만' 등으로 번역될 수 있다. '후츠파' 정신에 기반한 독창성 혹은 창의성이 오늘날 이스라엘을 성공적인 '창업국가'로 만드는데 기여한 문화적 토대였다는 평가도 있다. See Dan Senor & Saul Singer, *Start-up Nation: The Story of Israel's Economic Miracle* (New York, NY: Twelve Books, 2011).

194. 당연한 것으로 받아들여지고 있는 현재의 주류 질서 즉, 현상에 대해 도전하라는 'Challenge the Status Quo!'라는 표현 대신 적극적이고 의도적인 선택을 하지 않는 경우 당연하게 주어지는 옵션 즉, '디폴트'에 의문을 제기하라는 'Question the Defaults!'라는 표현을 사용할 수도 있다. See Adam Grant, *Originals: How Non-Conformists Move the World* (London: Penguin Books, 2016), pp. 1-28.

195. 자세한 내용은 "2.3. 개요짜기" 및 "4.2. 연관성 평가" 참고.

196. 원래 'Connect the Dots!'라는 말은 '어떤 아이디어를 다른 아이디어와 연결해서 더 큰 그림을 발견하는 능력'을 지칭하는 은유적 표현이다. Apple의 창업자인 스티브 잡스의 2005년 스텐포드대학교 졸업식 연설 이후, 'Connect the Dots!'라는 표현이 '독창성' 혹은 '창의성'을 상징하는 말로 널리 사용되고 있다. See Joanne Friedland Roberts, "Creativity and Entrepreneurship: "Connecting the Dots"", *Huffpost* (March 4, 2016), https://www.huffpost.com/entry/creativity-and-entreprene_b_9376316, accessed June 2021.

상치 못한 전혀 새로운 측면에서 자신의 논지를 뒷받침할 소주제를 준비하는 것이다. 이러한 접근을 '수평적 사고'[197] 혹은 '분야·경계를 넘는 접근', 그리고 좀더 학문적으로 '학제간 연구' 혹은 '통섭'이라는 말로 표현한다.[198] 다만, 논증성 평가와 균형성 평가를 통과하는 범위 내에서 소주제가 독창적이어야 한다.[199]

셋째, 독창적 근거를 제시해야 한다. 소주제를 뒷받침할 독창적 근거를 준비하려면 '현상에 도전'하고 '다른 것들을 연결'하는 것 외에도 '많은 아이디어를 생산'하는 독창적 사고가 필요하다. 2단계 브레인스토밍하기를 통해 자신의 논지와 소주제를 뒷받침할 근거를 최대한 많이 생각하고, 3단계 개요짜기에서 그 중 가장 좋은 소수만 남기고 나머지는 모두 버린다. 즉, 소수의 완벽하게 독창적인 근거를 준비하는 것이 아니고, 수없이 많은 근거들을 준비해서 그것들 중에 가장 독창적인 것들만 선택하는 것이다. 예컨대, 진부하지 않은 사례, 직접 생산한 일차적 자료, 통계자료에 대한 독특한 분석 등이 독창적 근거가 될 수 있다. 다만, 논증성 평가를 통과하는 범위 내에서 근거가 독창적이어야 한다.[200]

---

197. 수평적 사고(Lateral Thinking)란 "즉각적으로 분명하지 않은 논증을 통한 간접적이고 창의적인 접근으로 문제를 해결하는 방법"을 지칭하는 표현이다. See Edward De Bono, *Lateral Thinking: Creativity Step by Step* (New York, NY: Harper Colophon, 2015).

198. '통섭'(Consilience) 혹은 '학제간 연구'(Inter-disciplinary Approach)에 대한 자세한 내용은 최재천, 『통섭의 식탁: 최재천 교수가 초대하는 풍성한 지식의 만찬』 (서울: 명진출판사, 2011) 및 Edward Osborne Wilson, *Consilience: The Unity of Knowledge* (New York, NY: Vintage Books, 1999) 참고.

199. 자세한 내용은 "4.3. 논증성 평가" 및 "4.4. 균형성 평가" 참고.

200. 자세한 내용은 "2.3. 개요짜기" 및 "4.3. 논증성 평가" 참고.

[도표-40. 문학적 독창성과 예술적 독창성]

요컨대, 자신의 논지, 소주제, 근거가 [도표-39]와 같은 독창적 사고의 3 원칙에 따라 제대로 준비되었는지 주목함으로써, 자신의 글이 "얼마나 독창적인가?" 스스로에게 질문해 보라. 독창성 없는 글은 독자를 설득할 수 없는 진부한 '표절'²⁰¹에 불과하다. 다만, 논리적 글쓰기에서 말하는 독창성은 천재 시인 이상이 쓴 『오감도烏瞰圖』에서 발견되는 (글의 형태를 해체한) '문학적 독창성'도 아니고, 천재 화가 파블로 피카소가 그린 〈게르니카Guernica〉에서 발견되는 (대상의 형태를 해체한) '예술적 독창성'도 아니다. 논리적 글

---

201. 한국어 '표절'이란 "시나 글, 노래 따위를 지을 때에 남의 작품의 일부를 몰래 따다 씀"을 의미한다. 국립국어원 표준국어대사전. 한편, 영어 'Plagiarism'은 "다른 사람의 생각 혹은 작품을 사용하면서 마치 자신의 생각 혹은 작품인 체하는 과정 혹은 관행"(the process or practice of using another person's ideas or work and pretending that it is your own)을 지칭한다. Cambridge Dictionary.

쓰기에서 추구하는 독창성은 '논리'와 '논리적 흐름'이라는 맥락에서 즉, 연관성 평가, 논증성 평가, 균형성 평가를 통과하는 범위 내에서 논지, 소주제, 근거가 독창적임을 의미한다.

5.5. 얼마나 간결한가?

논리적 글쓰기에 있어 좀더 좋은 평가를 받기 위해 스스로에게 던져야 하는 다섯 번째 질문은 자신의 글이 "얼마나 간결한가?" 즉, 간결성에 관한 것이다. 한국어 '간결성'의 사전적 의미는 "글이나 말 따위에 군더더기가 없이 간단하고 깔끔한 성질"[202]이다. 영어 'Conciseness'는 "짧고, 명확하며, 불필요한 말 없이 해야 할 말을

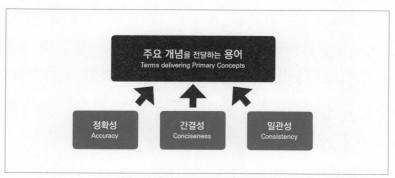

[도표-41. 주요 개념을 전달하는 용어의 3가지 특성]

Dr. LEE의 논리적 글쓰기_ **173**

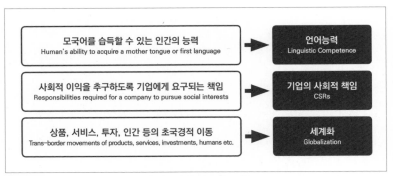

[예시-23. 용어의 간결성]

표현하는 성질"[203]을 의미한다. 한편, 논리적 글쓰기에 있어 간결성이란 중언부언重言復言 즉, '이미 한 말을 자꾸 되풀이'하지 않고, 불필요한 모든 것을 제거하며, 전달하고자 하는 바를 '단순하게' 그리고 '직접적으로' 전달하는 것이다. 따라서 다음과 같이 자신이 사용한 용어, 문장, 그리고 논리 전개가 "얼마나 간결한가?" 스스로에게 질문해 보아야 한다.

첫째, 용어의 간결성을 유지하라. [도표-41]과 같이, 논리적 글쓰기에 있어 주요 개념을 전달하는 용어는 '정확성'[204] 및 '일관성'[205]에 더해 '간결성'을 유지해야 한다. [예시-23]과 같이, '특정 언어 사회에 일정 기간 이상 노출되면 특별한 노력이나 학습의 과

203. The term 'Conciseness' refers to "the quality of being short and clear, and expressing what needs to be said without unnecessary words." Cambridge Dictionary.

204. 자세한 내용은 "5.3. 얼마나 정확한가?" 참고.

205. 자세한 내용은 "5.2. 얼마나 일관적인가?" 참고.

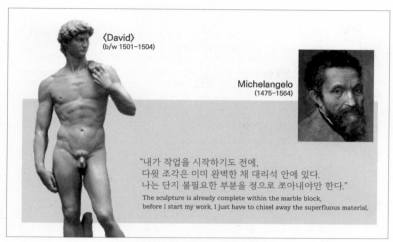

"내가 작업을 시작하기도 전에,
다윗 조각은 이미 완벽한 채 대리석 안에 있다.
나는 단지 불필요한 부분을 정으로 쪼아내야만 한다."
The sculpture is already complete within the marble block,
before I start my work. I just have to chisel away the superfluous material.

〈David〉
(b/w 1501-1504)

Michelangelo
(1475-1564)

[도표-42. 불필요한 부분을 제거한 아름다움]

정 없이도 해당 모국어를 자연스럽게 습득할 수 있는 인간만의 능력'을 간결하게 '언어능력'이라고 표현한다. 한편, '기업 본연의 목적인 경제적 이익 즉, 이윤 확대에 더해 환경보호, 인권향상 등 기업에게 요구되는 사회적 이익을 추구해야 할 책임'을 간결하게 '기업의 사회적 책임' 즉, 'CSRs'이라고 한다. 또한, '무역, 투자, 사람, 사상, 제도, 철학 등이 국경을 넘어 전세계로 이동하는 현상'을 간결하게 '세계화'라고 한다.[206]

둘째, 문장의 간결성을 유지하라. 르네상스 최고의 조각 작품으로 평가 받는 〈다비드상David〉의 아름다움에 대해 '불필요한 것을

---

206. 주요 개념을 전달하는 정확하고 간결한 용어와 관련해서는 이상혁, *supra* note 48 및 이상혁, *supra* note 54 참고.

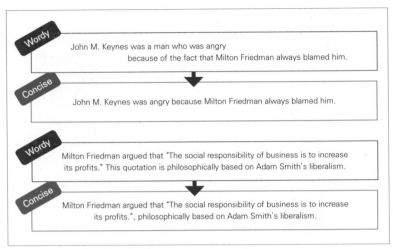

[예시-24. 문장의 간결성]

제거한 것'이라고 표현했던 미켈란젤로의 말[207]처럼, 불필요한 모든
단어를 제거한 것이 간결한 문장이다. 문장 차원에서 '간결성'의 반
대 개념은 '장황함' 즉, '너무 많은 (불필요한) 단어를 포함하고 있
는 성질'[208]이다. 따라서 [예시-24]와 같이, 문장을 통해 전달하고
자 하는 '생각'[209]을 훼손하지 않는 범위 내에서 최대한 불필요한
단어들을 생략함으로써 '장황한 문장'을 '간결한 문장'으로 개선해
야 한다. 특히, 논리적 글쓰기의 초보 단계에서는 하나의 주어와 하
나의 동사라는 원칙에 충실하며 문장을 가급적 짧게 쓰는 것이 바

---

207. 미켈란젤로는 르네상스 시대 최고의 걸작으로 평가 받는 자신의 조각 작품 〈David〉(b/w 1501-1504)의
아름다움에 대해 '불필요한 모든 것을 제거한 것' 즉, "Beauty is the removal of the unnecessary"라고 설명했다.
208. The term 'Wordiness' refers to "the quality of containing too many words." Cambridge Dictionary.
209. 자세한 내용은 "1.2. 추상적 '생각'과 구체적 '표현'" 참고.

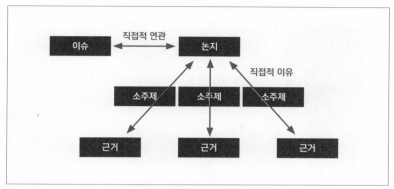

[도표-43. 논리 전개의 간결성]

람직하다.[210]

셋째, 논리 전개의 간결성을 유지하라. 간결한 논리 전개란 논리적 글쓰기의 핵심 요소인 이슈, 논지, 소주제, 근거 간의 관계가 '직접적'이라는 것이다. '직접적'이란 중간에 그 어떤 매개물 혹은 추가 설명 없이 바로 연결된다는 뜻이다.[211] 우선, 자신의 '논지'가 '이슈'와 직접적으로 연관되어야 한다. 즉, '논지'와 '이슈'의 관계는 연관성 평가를 통과해야 한다.[212] 이에 더해, '근거'가 '소주제'에 대해 그리고 소주제가 '논지'에 대해 각각 직접적인 이유가 되어야 한다. 즉, '논지', '소주제', '근거' 간의 관계는 논증성 평가를 통과해야 한다.[213] 물론 3가지 소주제 간의 관계는 균형성 평가도 통

---

210. 자세한 내용은 "2.5. 검토하기" 참고.

211. 국립국어원 표준국어대사전.

212. 자세한 내용은 "2.1. 이해하기" 및 "4.2. 연관성 평가" 참고.

213. 자세한 내용은 "2.3. 개요짜기" 및 "4.3. 논증성 평가" 참고.

"단순함이 복잡함보다 어려울 수 있다.
당신의 생각을 깔끔하고 단순하게 만들기 위해서 당신은
열심히 노력해야 한다. 그러나 결국 그 노력은 가치 있다.
왜냐하면 일단 단순함에 도달한다면,
당신은 산이라도 옮길 수 있기 때문이다."

Steve Jobs
(1955-2011)

Simple can be harder than complex. You have to work hard to get your thinking
clean to make it simple. But it's worth it in the end because once you get there,
you can move mountains.

[도표-44. 스티브 잡스의 '단순함' 예찬]

과해야 한다.[214] 결국 논리 전개의 간결성은 논리적 글쓰기의 3단계 개요짜기의 성공적인 수행을 통해 만들어진다.

요컨대, 주요 개념을 전달하는 용어의 간결성, 장황한 문장을 개선한 문장의 간결성, 그리고 성공적인 개요짜기를 통한 논리 전개의 간결성에 주목함으로써, 자신의 글이 "얼마나 간결한가?" 스스로에게 질문해 보라. 간결하지 못한 글은 그저 독자를 헷갈리게 할 뿐 결코 설득력이 없다. 복잡한 것을 복잡하게 표현하는 것은 쉽다. 그러나 복잡한 것을 간결하고 단순하게 표현하는 것은 매우 어렵다. '더 이상 버려야 할 불필요한 것이 남아 있지 않은 상태'인 간결성과 단순함을 유지한 것, 이것이 진정한 실력이다. "단순함은 산을 옮길 수 있는 힘이 있다."라고 예찬했던 스티브 잡스의 말처럼, 간결한 글은 독자의 생각과 행동을 변화시킬 수 있다. 간결성은 논리적인 글의 가장 중요한 특징 중 하나이다.

---

214. 자세한 내용은 "2.3. 개요짜기" 및 "4.4. 균형성 평가" 참고.

  복잡한 것을 복잡하게 표현하는 것은 쉽다.

그러나 복잡한 것을 간결하고 단순하게 표현하는 것은 매우 어렵다.

간결성과 단순함,

이것이 진정한 실력이다.

제6장

논리적
글쓰기의 응용

6.1. 무격, 격, 그리고 파격

어린 시절 태권도를 배워본 경험이 있는가? 태권도 도장에 처음 가면 '기본준비서기, 아래막기, 몸통반대지르기 …… 아래막기, 몸통반대지르기'의 순서로 진행되는 태극 1장이라는 '품새'[215]부터 배우게 된다. 만약 태극을 넘어 고려, 금강, 태백, 평원 등 유단자의 품새까지 모두 다 완벽하게 익힌다면, 과연 무림의 고수가 될 수 있을까? 그렇지 않다. 진정한 고수는 지금껏 익힌 품새를 과감하게 버리고 그 품새로부터 자유로운 '자유대련'[216]을 잘할 수 있어야 한다. 품새도 모르는 '무식자', 품새를 익힌 '초보자', 그리고 품새로부터 자유로운 '고수'는 본질적으로 차원이 다른 경지에 있다. 이와

---

215. '품새' 혹은 '품세'란 "(태권도) 공격과 방어의 기본 기술을 연결한 연속 동작"을 일컫는다. 국립국어원 표준국어대사전.

216. '자유대련'이란 "(태권도) 공격과 방어의 방식을 미리 정하지 않고 하는 대련"을 일컫는다. 국립국어원 표준국어대사전.

미찬가지로, 논리적 글쓰기를 배울 때도 다음과 같이 '무격', '격', 그리고 '파격'이라는 차원이 다른 과정을 거친다.

첫째, 논리적 글쓰기를 배우기 위한 출발점이 학습과정 중 '무격'의 단계이다. 무격無格이란 말뜻 그대로 '격식이 없음' 즉, 논리적 글쓰기의 기본 틀, 형식, 혹은 격을 전혀 갖추지 못한 상태를 말한다. 언어능력의 발전단계라는 측면에서 설명하자면, 모국어의 경우 언어능력에 따른 자연스러운 언어습득을 통해 그리고 외국어의 경우 문법에 근거한 인위적인 언어학습을 통해 자신의 추상적 '생각'을 단어와 구를 넘어 단지 문장이라는 구체적 '표현'의 틀에만 집어넣을 수 있는 상태이다.[217] 즉, 문장 차원에서 읽고, 듣고, 쓰고, 말

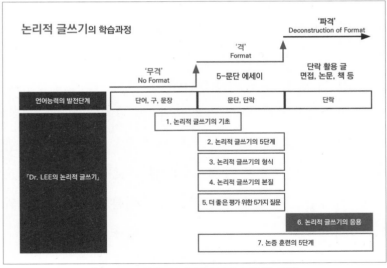

[도표-45. 논리적 글쓰기의 학습과정: 무격, 격, 파격]

---

217. 자세한 내용은 "1.2. 추상적 '생각'과 구체적 '표현'" 및 "1.3. 영어능력의 발전단계" 참고.

하는 것에는 큰 문제가 없는 상태이다. 다만, 문장의 차원을 넘어 더 큰 생각을 전달하는 문단과 단락 차원의 의사소통은 여전히 불가능한 수준이다.

둘째, 논리적 글쓰기의 기본 틀과 형식을 배우고 익히는 것이 학습과정 중 '격'의 단계이다. 격格이란 논리적 글쓰기의 기본 틀과 형식을 일컫는다. 이 책의 제1장에서 제5장의 내용이 논리적 글쓰기의 격을 갖추는데 필요한 것들이다. 예컨대, '이해하기, 브레인스토밍하기, 개요짜기, 글쓰기, 검토하기'라는 논리적 글쓰기의 5단계, '5-문단 에세이, 제목과 연결어, 서론, 본론, 결론'이라는 논리적 글쓰기의 형식, '논리적 흐름, 연관성 평가, 논증성 평가, 균형성 평가, '더와 덜'의 게임'이라는 논리적 글쓰기의 본질, '주관성, 일관성, 정확성, 독창성, 간결성' 관련 5가지 질문 등에 대한 정확한 이해가 필요하다. 논리적 글쓰기의 격을 갖춤으로써 비로소 문단과 단락 차원의 의사소통이 가능해진다.

셋째, 논리적 글쓰기의 기본 틀과 형식으로부터 자유로워지고 더욱 본질에 충실해지는 것이 학습과정 중 '파격'의 단계이다. 파격破格이란 말뜻 그대로 '격식을 깨뜨리는 것' 즉, 지금까지 완벽하게 익힌 논리적 글쓰기의 기본 틀, 형식 혹은 격을 해체·변형하고 그것으로부터 미련없이 자유로워지는 것이다. 이 책 제6장이 파격을 위해 필요한 이해를 돕는 부분이다. 언어능력의 발전단계라는 측면에서 설명하자면, 문단을 넘어 이제 단락을 자유롭게 해체·변형함으로써 면접, 단락을 활용한 논리적 글쓰기, 논문쓰기, 책쓰기 등에 지금까지 익힌 논리적 글쓰기의 격을 응용해 보는 것이다. 주목할 것은 일견 비슷해 보이는 '무격'과 '파격'은 본질적으로 전혀 다른 차원이라는 점이다.

요컨대, 출발점인 '무격'의 단계, 기본 틀과 형식을 배우고 익히는 '격'의 단계, 격에서 벗어나 오직 본질에 더욱 충실하는 '파격'의 단계를 거쳐 논리적 글쓰기의 학습과정이 완성된다. 비유하자면, 유대인 사회의 '격'을 세운 것이 이집트 탈출 이후 등장한 모세의 '십계명'[218]을 포함한 총 612개의 율법이고, 이후 이러한 율법으로부터 자유로워지고 더욱 본질에 충실하고자 '파격'한 것이 (그 모든 율법에 앞서) 오직 '사랑하라'[219]는 예수의 가르침이다. 역설적이게도, 예수는 자신의 가르침이 율법을 폐기하려는 것이 아니고 오히려 완성하려는 것이라고 설명했다.[220] 먼저 정확한 이해와 끈질긴 연습을 통해 논리적 글쓰기의 '격'을 충분히 익혀라. 그리고 오직 본질에만 충실하되, '파격'하여 자유롭게 쓰라.

---

218. 구약성경 『출애굽기』 제20장1-17절 및 『신명기』 제5장4-21절에 언급된 '십계명'(The Ten Commandments or Decalogue)을 시작으로 총 612개의 율법(Law)이 하나님으로부터 유대인들에게 전해졌다. 총 612개의 율법은 오늘날 유대인의 민법, 종교법 및 윤리의 근간이 되었다. See Yael Shahar, "The Ten Commandments", *Haaretz* (Nov. 2, 2015), https://www.haaretz.com/jewish/the-ten-commandments-1.5416257, accessed on June 2021.

219. 흔히 기독교를 '사랑의 종교'라고 하는 이유가 '하나님과 이웃을 사랑하라'는 것이 그 어떤 율법·계명·계율보다 더 크고 더 중요하다는 예수의 가르침 때문이다. 『마가복음』 제12장30-31절의 내용은 다음과 같다. "30 네 마음을 다하고 목숨을 다하고 뜻을 다하고 힘을 다하여 주 너의 하나님을 사랑하라 하신 것이요 31 둘째는 이것이니 네 이웃을 네 몸과 같이 사랑하라 하신 것이라 이에서 더 큰 계명이 없느니라."(밑줄 추가).

220. 『마태복음』 5장17절의 내용은 다음과 같다. "17 내가 율법이나 선지자나 폐하러 온 줄로 생각지 말라 폐하러 온 것이 아니요 완전케 하려 함이로라."(밑줄 추가).

6.2. 면접

지금껏 배우고 익힌 논리적 글쓰기를 응용할 수 있는 대표적인 사례가 면접이다. 면접面接의 말뜻은 "서로 대면하여 만나 봄"인데, 흔히 "직접 만나서 인품, 언행, 실력 따위를 평가하는 시험" 즉, 상급학교 진학 혹은 회사 취직을 위해 치르는 면접시험을 지칭한다.[221] 한편, 영어 'Interview'는 "당신이 어떤 직업 혹은 학업과정에 적합한지 여부를 확인하기 위해 누군가 당신에게 질문하는 만남"[222]을 뜻한다. 면접의 본질은 '논리적 말하기'이며 자신의 '논지'를 '논리'라는 틀에 담아 (독자가 아닌) 청자를 설득하는 것이다. 이에 다음과 같이 개요짜기의 단순화, 질문유도 및 대답준비, 말하기의 특징에 맞춘 표현에 주목하며, 논리적 글쓰기에서 익힌 기본 틀

---

221. 국립국어원 표준국어대사전.

222. The term 'Interview' refers to "a meeting in which someone asks you questions to see if you are suitable for a job or course." Cambridge Dictionary.

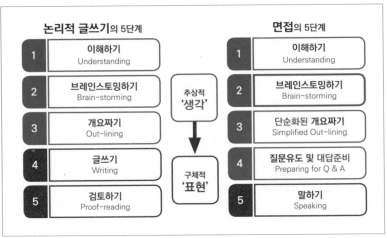

[도표-46. 면접의 5단계]

과 형식을 면접에 응용해 보도록 하자.

우선, 개요짜기를 단순화해야 한다. [도표-46]과 같이, 말하기라는 표현 방법의 특징과 시간의 제약으로 인해 면접의 5단계는 논리적 글쓰기의 5단계와 다소 차이가 있다. 물론 시간이 허락하는 범위 내에서 1단계 이해하기 및 2단계 브레인스토밍하기는 가급적 논리적 글쓰기와 동일하게 진행해야 한다. 그러나 3단계에서는 논지의 이유인 소주제를 2가지만 준비하고 각각의 소주제를 뒷받침하는 근거도 좀더 간소화하는 '단순화된 개요짜기'를 진행해야 한다. 예컨대, [예시-03]에 제시된 논리적 글쓰기의 개요짜기[223]를 [예시-25]와 같이 면접의 개요짜기로 단순화할 수 있다. 다만, 논리적

---

223. 자세한 내용은 "2.3. 개요짜기" 참고.

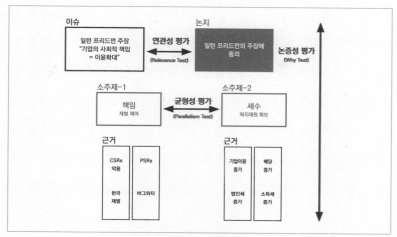

[예시-25. 면접의 3단계 단순화된 개요짜기]

글쓰기의 3단계 개요짜기의 본질인 연관성 평가,[224] 논증성 평가,[225] 균형성 평가[226]는 면접에도 동일하게 적용된다.

　다음으로, 질문을 유도하고 대답을 준비해야 한다. 논리적 글쓰기와 달리, 면접에서는 직접 대면이라는 특징 때문에 면접자가 피면접자에게 추가 질문을 던질 가능성이 매우 크다. 따라서 피면접자는 '자신이 잘 대답할 수 있는 것'을 면접자가 질문할 수밖에 없도록 적극적으로 유도하고, 그 유도된 질문에 대한 대답을 미리 준비해야 한다. 이를 위해 4단계 '질문유도 및 대답준비'에서는 자신이 개요짜기한 내용 중 주요 개념을 전달하는 용어(예컨대, 세수,

---

224. 자세한 내용은 "4.2. 연관성 평가" 참고.

225. 자세한 내용은 "4.3. 논증성 평가" 참고.

226. 자세한 내용은 "4.4. 균형성 평가" 참고.

PSRs, 케인스주의)를 3-5개 정도 선정하여, [도표-47]과 같이 각 용어에 대해 '개념정의', '논쟁', '근거', '나의 의견', '나의 근거'를 준비한다.[227] 아무리 시간이 부족해도, 최소한 반대개념과 예시를 중심으로 각 용어의 '개념정의'만큼은 반드시 준비해야 한다.[228]

이에 더해, 말하기의 특징에 맞추어 표현해야 한다. 3단계 '단순화된 개요짜기'를 통과한 추상적 '생각'을 5단계 '말하기'에서 구체적 '표현'으로 바꾼 것이 [예시-26]이다.[229] 면접에서도 문단과 단

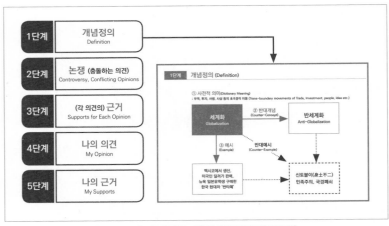

[도표-47. '논증 훈련의 5단계' 및 '1단계 개념정의']

---

227. 자세한 내용은 "제7장 논증 훈련의 5단계" 참고.

228. 자세한 내용은 "7.1. 개념정의" 참고.

229. 논리적 글쓰기와 달리 논리적 말하기인 면접에서는 '검토하기'의 단계가 없다. 즉, 한번 내뱉은 말을 수정할 기회가 없다. 따라서 1단계 이해하기, 2단계 브레인스토밍하기, 3단계 단순화된 개요짜기의 과정을 더욱 꼼꼼하게 진행해야 하며, 특히 5단계 말하기 과정 중에도 실수를 줄이기 위해 충분히 생각하면서 말해야 한다. 원칙적으로, 말하는 속도(Speed)에 비해 생각하는 속도가 3배 이상 빠른 것이 바람직하다. 장기적으로는 생각하는 연습을 통해 생각하는 속도를 높여야 한다. 다만, 면접이라는 긴장된 상황 속에서 피면접자의 말하는 속도는 다소 빨라지는 경향이 있다. 따라서 피면접자는 자신이 느끼기에 적당한 속도보다 3배 이상 천천히 말한다는 마음가짐으로 면접을 해야지만 실수를 줄일 수 있다.

락의 논리적 구분은 분명하게 있다. 다만, 그러한 구분이 면접자의 눈에 보이지는 않는다. 면접에는 논지를 보여주는 제목도 없다. 따라서 논리적 흐름을 보여주는 연결어의 사용이 반드시 필요하다.[230] 논지를 제시할 때는 1인칭 주어를 분명하게 쓰고,[231] 원칙적으로 경어체를 사용한다. 한편, 면접에서는 논지, 소주제, 근거의 전달이라는 언어적 의사소통을 통한 논리적 설득도 중요하지만, 음성,[232] 표정,[233] 자세[234]와 같은 비언어적 의사소통을 통한 정서적 유대 즉, 공감을 얻는 것이 매우 중요하다.[235]

---

230. 연결어의 중요성 관련 자세한 내용은 "3.2. 제목과 연결어" 참고.

231. 논리적 글쓰기의 1인칭 사용 관련 자세한 내용은 "5.1. 얼마나 주관적인가?" 참고.

232. 음성(Voice)과 관련해 가장 중요한 것이 목소리의 크기(Volume)인데, 자신이 생각하기에 적절한 목소리 크기보다 3배 이상 크게 발성하는 것이 바람직하다. 왜냐하면 피면접자의 입에서 귀까지의 거리보다 피면접자의 입에서 면접자의 귀까지의 거리가 훨씬 더 멀기 때문이다. 또한 자신이 발성하기에 편안한 음(Tone)보다 한 옥타브 더 높은 음(이상적으로는 '솔')을 중심으로 잡고 억양(Intonation)을 살려서 발성하는 것이 바람직하다. 왜냐하면 높은 음을 내는 피면접자는 불편하지만 그것을 듣는 면접자는 경쾌하고 긍정적인 느낌을 갖게 될 확률이 높아지기 때문이다.

233. 비언어적 의사소통(Non-verbal Communication)의 가장 중요한 부분이 표정(Facial Expression)이다. 면접자로부터 정서적 유대 즉, 공감을 얻어내기 위해서는 반드시 미소짓기(Smiling)와 시선맞추기(Eye-Contacting)를 동시에 해야 한다.

234. 자세(Posturing) 또한 면접자에게 전달되는 피면접자의 전체적인 느낌을 형성하는 데 아주 중요한 역할을 한다. 좀더 밝고 긍정적인 느낌을 전달하기 위해서는 '몸 전체를 똑바로 세운 채 약 10도 정도 앞으로 기울이는 자세'(Forward Posture)가 좋다. 또한, 팔, 손가락 등의 관절은 살짝 오무리는 것이 자연스럽다. 남자의 경우 양 무릎 간격을 주먹 하나가 들어갈 정도로 띄우며 두 발의 간격도 무릎과 동일하게 유지한다. 여자의 경우 양 무릎과 두 발 모두 붙이는 것이 좀더 자연스럽다.

235. 면접에서 언어적 의사소통은 이성에 호소하는 논리적 설득 그리고 비언어적 의사소통은 감성에 호소하는 감성적 설득과 연관되어 있다. 아리스토텔레스의 설득 방법 관련 자세한 내용은 "1.1. 논리! 설득의 핵심" 참고.

[예시-26. 면접의 5단계 말하기]

1976년 노벨경제학상 수상자인 밀턴 프리드먼 시카고대학교 교수는 "기업의 사회적 책임은 이윤확대"라는 매우 논쟁적인 글을 1970년 뉴욕타임즈에 기고했습니다. 케인스주의가 지배했던 당시 상황을 고려하면, 이러한 주장은 매우 도발적이었습니다. 저는 다음 2가지 측면에서 40년 전 프리드먼의 주장이 신케인스주의 사상이 지배하고 있는 지금의 대한민국에도 여전히 필요한 울림이 큰 외침이라고 생각합니다.

첫째, 책임 측면에서, 밀턴 프리드먼의 주장은 개인의 책임을 회피하려는 일부 재벌의 시도를 제어하는 데 도움이 됩니다. 예컨대, 5% 지분을 소유한 모 재벌의 최대주주인 회장이 CSRs의 일환으로 개인 돈이 아닌 회사 돈 1조원을 기부했다고 가정해 봅시다. 이것은 개인적으로 감당해야 할 사회적 책임을 회피한 것이며, 나아가 이에 동의하지 않는 다수 소액주주들의 이익을 침해한 것입니다. 이러한 맥락에서, 컬럼비아대학교 바그와티 교수는 CSRs이 아닌 'PSRs' 즉, 'Personal Social Responsibilities'라는 개념을 새롭게 제시하기도 했습니다.

둘째, 세수 측면에서, 밀턴 프리드먼의 주장은 사회복지에 필요한 재원확보에 도움이 됩니다. 기업이 이윤확대를 위해 노력하면 그만큼 더 많은 세금을 납부하게 됩니다. 기업의 이윤증가는 직접적으로 법인세 증가로 이어집니다. 통계청 자료에 따르면, 2016년 52.1조원, 2017년 59.2조원, 2018년 70.9조원, 2019년 79.3조원으로 정부의 법인세 수입이 증가했습니다. 또한 기업의 이윤은 배당으로 주주에게 넘어가 간접적으로 소득세의 증가로 이어집니다. 이렇듯 기업의 이윤확대는 사회복지에 필요한 재원확보에 큰 도움이 됩니다.

결론적으로, 앞서 책임과 세수 측면에서 설명드린 바와 같이, 저는 "기업의 사회적 책임은 이윤확대"라는 밀턴 프리드먼의 주장이 오늘날 우리 사회에도 여전히 유효하다고 생각합니다.

　　요컨대, 개요짜기의 단순화, 질문유도 및 대답준비, 말하기의 특징에 맞춘 표현을 중심으로 논리적 글쓰기를 면접에 응용해 보았다. 요즘 유행하는 스타트업 관련 표현 중 '엘리베이터 피치Elevator Pitch'[236]라는 말이 있다. 엘리베이터를 함께 타는 30초의 짧은 시간 동안 창업자가 투자자에게 거액의 투자를 설득하는 것이다. 이 경우에도 투자자의 주목을 끄는 '배경진술', 얼마의 투자금을 달라는 '논지', 그러한 투자의 효과인 2가지 '소주제'를 '엘리베이터 피치'로 제시하고, 투자자의 추가 질문을 유도하면 된다. 만약 투자자가

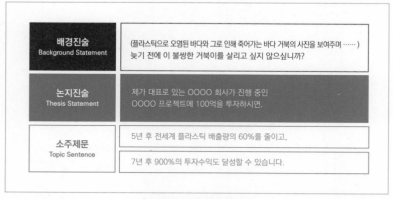

[예시-27. 엘리베이터 피치]

---

236. The term 'Elevator Pitch' refers to "a short description of a product or business idea, especially one given to a possible investor." Cambridge Dictionary.

관심을 보인다면 미리 준비한 구체적인 수치와 자료를 '근거'로 제시하는 것이다. 이렇듯 논리적 글쓰기의 기본 틀은 면접뿐만 아니라 다양한 유형의 논리적 말하기에도 응용될 수 있다.

6.3. 단락을 활용한 논리적 글쓰기

　　지금껏 배우고 익힌 논리적 글쓰기의 기본 틀과 형식은 서론 1문단, 본론 3문단, 결론 1문단, 총 5개의 문단을 논리적으로 조합해서 하나의 생각 즉, 논지를 전달하는 한 편의 글을 구성하는 것이다.[237] 이것을 응용할 수 있는 또 다른 사례가 '단락'을 활용한 논리적 글쓰기이다. 문단은 2개 이상의 문장으로 구성되어 (문장 보다 더 큰) 하나의 생각을 전달하는 것이고, 단락은 2개 이상의 문단으로 구성되어 (문단보다 더 큰) 하나의 생각을 전달하는 것이다.[238] 다음과 같이 본론의 각 '문단'을 '단락'으로 확대하는 것, 본론의 각 '문단'을 비교분석 '단락'으로 수정·확대하는 것, 한 편의 '글'을 더 큰 글의 한 '단락'으로 변경하는 것 등이 단락을 활용한 논리적 글쓰기의 대표적인 방법이다.

---

237. 자세한 내용은 "3.1. 5-문단 에세이" 참고.
238. 자세한 내용은 "1.2. 추상적 '생각'과 구체적 '표현'" 및 "1.3. 영어능력의 발전단계" 참고.

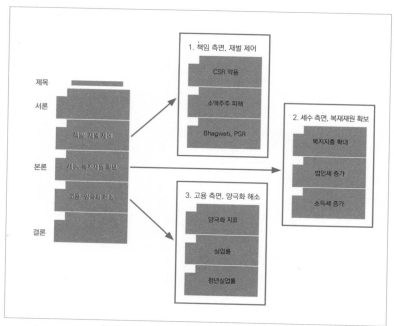

[예시-28. 본론의 각 '문단'을 '단락'으로 확대_1]

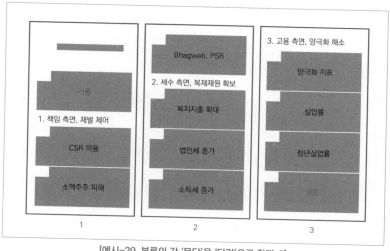

[예시-29. 본론의 각 '문단'을 '단락'으로 확대_2]

첫째, 본론의 각 '문단'을 '단락'으로 확대하는 방법이 있다. [예시-28]과 같이, 원래 '책임 측면, 재벌 제어'라는 하나의 소주제를 전달했던 '문단'을 'CSRs 악용', '소액주주 피해', 'Bhagwati, PSRs'이라는 생각을 각각 전달하는 3개의 문단으로 구성된 '단락'으로 확대하는 것이다. 이 단락은 '책임 측면, 재벌 제어'라는 동일한 소주제를 전달한다. 나머지 문단도 각각 단락으로 확대해 보면, 결국 [예시-29]와 같은 단락을 활용한 글쓰기를 할 수 있다. 각각 3개의 문단으로 구성된 단락이 3개 모여 전체 본론을 구성한다. 흔히 각 단락이 전달하려는 소주제를 "1. 책임 측면, 재벌 제어"와 같이 소제목의 형식으로 표시하기도 한다.[239] 이에 더해 서론과 결론 문단이 각각 1개씩 추가된다.

둘째, 본론의 각 '문단'을 비교분석 '단락'으로 수정·확대하는 방법이 있다. [예시-30]에서는 원래 '세수 측면, 복지재원 확보'라는 하나의 소주제를 전달했던 '문단'을 세수 측면에서 'CSRs강조의 단점', '이윤확대의 장점', '비교분석'이라는 생각을 각각 전달하는 3개의 문단으로 구성된 '단락'으로 수정·확대해 보았다.[240] 결국 [예시-31]과 같이, 책임, 세수, 고용의 측면에서 각각 CSRs을 강조하는 (밀턴 프리드먼의 반대 편) 의견의 단점이 무엇이지 설명하고,

---

239. '소주제'를 '소제목'의 형식으로 표시하는 것은 논리적 흐름을 보다 가시적으로 보여줌으로써, 독자로 하여금 보다 쉽게 글 전체의 논리 구조를 이해할 수 있도록 도와주는 효과가 있다.

240. 이 경우에도 수정·확대된 '단락'은 이전의 '문단'이 전달했던 소주제와 동일하게 '세수 측면, 복지재원 확보'라는 소주제를 전달한다. 다만, 그러한 소주제를 뒷받침하는 근거로 'CSRs강조의 단점' 및 '비교분석'이 추가되었다.

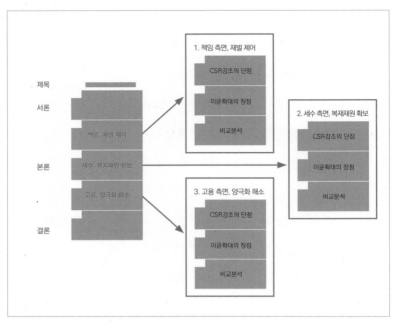

[예시-30. 본론의 각 '문단'을 비교분석 '단락'으로 수정·확대_1]

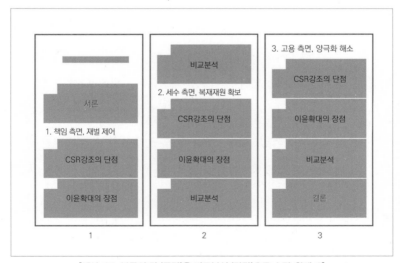

[예시-31. 본론의 각 '문단'을 비교분석 '단락'으로 수정·확대_2]

이윤확대를 강조하는 밀턴 프리드먼의 주장이 가진 장점을 강조하며, 양쪽의 의견을 비교분석함으로써 밀턴 프리드먼의 주장에 동의하는 자신의 논지가 왜 옳은지를 논증하는 '단락'을 활용한 논리적 글쓰기가 된다.

셋째, 한 편의 '글'을 더 큰 글의 한 '단락'으로 변경하는 방법이 있다. [예시-03]의 개요짜기[241]와 [예시-04]의 글쓰기[242]를 통해 '(기업의 사회적 책임은 이윤확대라는) 밀턴 프리드먼의 주장에 동의'라는 논지를 전달하는 온전한 한 편의 글을 완성했다. 이제 '자유주의[243] 지지'라는 더 큰 차원의 논지를 뒷받침하는 '경영 측면, 이윤확대'라는 소주제를 전달할 하나의 '단락'으로 이전의 글을 변경하는 것이다. 즉, 자유주의를 지지하는 이유 중 하나로 '경영 측면, 이윤확대'라는 혜택을 내세우는 것이다. 이에 더해, 논증성 평가[244]와 균형성 평가[245]를 통과하는 '환경 측면, 자연보호'[246] 및 '정치

---

241. 자세한 내용은 "2.3. 개요짜기" 참고.

242. 자세한 내용은 "2.4. 글쓰기" 참고.

243. 평등보다 '자유'를, 사회공동체보다 '개인'을, 정부보다 '시장'을 강조하는 (특히, 경제적 측면에서) 자유주의(Liberalism)의 시작이 Adam Smith이고, 이러한 철학을 이어받은 신자유주의의 대표적인 학자가 Milton Friedman이다. 이에 Milton Friedman은 기업에게 사회적 책임을 요구했던 John Maynard Keynes와 같은 이들을 비난했고, 오직 기업의 사회적 책임은 이윤확대라고 강조했다. 이상혁, *supra* note 48, pp. 179-184.

244. 자세한 내용은 "4.3. 논증성 평가" 참고.

245. 자세한 내용은 "4.4. 균형성 평가" 참고.

246. 자유주의 혹은 신자유주의의 관점에서는 환경오염의 근본 원인을 '공유지의 비극'(Tragedy of the Commons)이라는 말로 설명한다. 즉, 시장의 주체인 개인 혹은 기업이 소유하지 않은 공공의 것이기에 사람들은 자신의 단기적인 이익을 위해 이것을 함부로 사용하게 되고 결국 환경오염의 문제가 발생한다는 것이다. 따라서 가급적 공공의 것을 축소하고 시장의 주체인 개인 혹은 기업에게 모든 것을 맡기는 '민영화'(Privatization) 정책을 실시하게 되면, 사람들은 자신의 사적 소유물을 아끼고 보존할 것이기에 환경오염의 문제가 해결 될 수 있다는 주장이다. 이상혁, *supra* note 54, pp. 251-257. 이에 반해, 케인스주의 혹은 신케인스주의의 관점에서는 시장

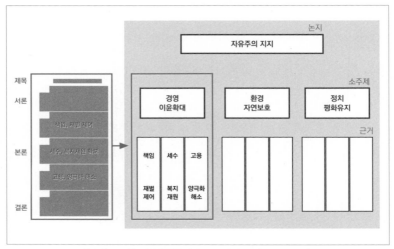

[예시-32. 한 편의 '글'을 더 큰 글의 한 '단락'으로 변경_1]

측면, 평화유지'[247]라는 소주제를 각각 3개의 문단으로 구성된 단락
으로 조합해서 글을 쓴 것이 [예시-32]와 [예시-33]이다.

　　요컨대, 본론의 각 '문단'을 '단락'으로 확대하고, 본론의 각
'문단'을 비교분석 '단락'으로 수정·확대하며, 한 편의 '글'을 더 큰
글의 한 '단락'으로 변경함으로써, 지금껏 배우고 익힌 논리적 글쓰
기의 기본 틀과 형식을 '단락을 활용한 논리적 글쓰기'로 응용할 수
있다. 위에서 제시한 3가지 방법은 단락을 활용한 논리적 글쓰기의

때문에 환경 기준의 '바닥치기경쟁'(Race to the Bottom)이라는 현상이 벌어지고, 이러한 시장실패를 해결하기
위해서는 정부의 규제가 필요하다고 주장한다. 이상혁, *supra* note 54, pp. 216-223.

247. 자유주의의 관점에서는 '정치적 자유'(민주주의)와 '경제적 자유'(자본주의)의 확대는 '평화'라는 결과를 만들어
낸다. 흔히 전자를 '민주적 평화'(Democratic Peace) 그리고 후자를 '자본가 평화'(Capitalist Peace)라고 한다. 이러한
자유주의 평화론을 일반 대중의 눈높이에 맞추어 좀더 쉽게 비유적으로 표현한 것이 '맥도날드 평화론' 혹은 '충돌예방
맥도날드 이론'(Golden Arches Theory of Conflict Prevention)이다. 이상혁, *supra* note 48, pp. 94-100.

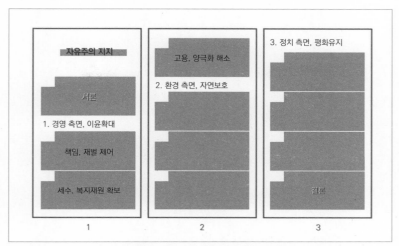

[예시-33. 한 편의 '글'을 더 큰 글의 한 '단락'으로 변경_2]

예시에 불과하다. 따라서 단락이 가지고 있는 2가지 특징 즉, '2개 이상의 문단으로 구성'이라는 형식적 특징과 '(문단보다 더 큰) 하나의 생각을 전달'이라는 본질적 특징을 훼손하지 않는 범위 내에서 자유롭게 단락을 변형하고 응용해야 한다. 단락만 제대로 활용하면, 신문 기고문, 자기소개서, 짧은 논문 등 다양한 유형의 논리적 글쓰기를 충분히 잘할 수 있다.

" '2개 이상의 문단으로 구성'이라는 형식적 특징과

'하나의 생각을 전달'이라는 본질적 특징을

훼손하지 않는 범위 내에서

자유롭게

단락을 변형하고 응용해야 한다. "

6.4. 논문쓰기

    지금껏 배우고 익힌 논리적 글쓰기를 응용할 수 있는 또 다른 사례가 논문쓰기이다. 논문이란 "서론, 본론, 결론의 세 단계를 갖추고, 어떤 것에 관하여 체계적으로 자기 의견이나 주장을 적은 글"이다.[248] 영어 'Thesis'는 "(특히, 학위를 위한) 특정 주제에 대한 (독창적 연구 결과인) 긴 글"을 지칭한다.[249] 예컨대, 박사학위 논문을 'Doctoral Thesis'[250]라고 한다.[251] 한편, "특정 주제에 대해 전문가가 작성해서 책 또는 저널의 형식으로 출판하거나 혹은 학회에서

---

248. 국립국어원 표준국어대사전.

249. The term 'Thesis' refers to "a long piece of writing (involving original study) on a particular subject, especially one that is done for a higher college or university degree." Cambridge Dictionary.

250. 좀더 정확하게는 'Thesis for the Degree of Ph.D.'라고 표현한다.

251. 박사학위 논문을 'Dissertation'이라고 표현하기도 한다. 한편, Thesis를 학사·석사학위 논문으로 그리고 Dissertation을 박사학위 논문으로 구별하는 의견도 있다. The term 'Dissertation' refers to "a long piece of writing on a particular subject, esp. one that is done for a Ph.D." Cambridge Dictionary.

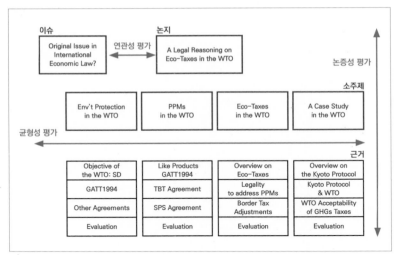

[예시-34. 논문쓰기의 개요짜기]

낭독하는 글'을 'Paper'라고 표현한다.[252] 지금부터 논리적 글쓰기
에서 익힌 기본 틀과 형식을 응용하여 논문의 주제, 각 장의 주제,
소제목 및 그 내용을 어떻게 결정하는지 필자의 박사학위 논문[253]을
구체적 예시로 들어 설명해 보겠다.

　첫째, 연관성 평가를 통과하는 논지 즉, 논문의 주제를 결정한
다. '학문적 연구 가치가 있고, (이전에 연구된 적이 없는) 독창적 주
제인가?'라는 이슈에 대해 연관성 평가를 통과하는 논문 주제를 결

---

252. The term 'Paper' refers to "a piece of writing on a particular subject written by an expert and usually published in a book or journal, or read aloud to other people." Cambridge Dictionary.

253. 박사학위 논문의 구체적이고 세세한 형식은 학문 분야별로 다소 차이가 있다. 필자의 졸저는 법학 특히, 국제(경제)법 분야의 박사학위 논문이다. 이 책에서는 오로지 '논리적 글쓰기의 응용'을 설명하기 위해 필요한 범위 내에서 필자가 작성한 논문의 '논리 구조'를 예시로 활용하겠다. See Sanghyuck LEE, "A Legal Reasoning on Eco-Taxes in the WTO: Searching for Solutions to Address Not-Environment-Friendly PPMs" (Ph.D. diss., Korea University, 2006).

정해야 한다. 예컨대, '무역과 환경' 즉, 세계무역기구wto를 중심으로 한 '무역규범'과 기후변화협약[254]을 중심으로 한 '환경규범'의 충돌 문제는 2006년 당시 국제법의 중요한 관심 대상이었다. 특히, 기후변화를 막기 위해 탄소와 같은 온실가스의 배출에 부과하는 환경세[255]의 도입이 WTO 관련 협정을 위반하는지 여부에 대한 국제법적 분석이 필요했다. 이에 '생산제조공정이 일으키는 환경오염[256] 문제의 해결책으로서 환경세가 WTO에서 수용가능함을 법적으로 논증'하는 논문의 주제를 결정했다.

둘째, 논증성 평가와 균형성 평가를 통과하는 소주제 즉, 각 장Chapter의 주제를 결정한다. [예시-34]와 같이, '환경세가 WTO에서 수용가능함을 보여주는 법적 논증'이라는 논지를 뒷받침하기 위해서 논증성 평가를 통과하는 4가지 소주제를 결정했다. 즉, WTO에서 전반적인 '환경보호체계'가 어떠한지, '생산제조공정'은 어떤 법적 지위를 가지는지, '환경세'에 대한 법적 판단은 무엇이지, 교토의정서에서 예정된 탄소세를 부과하면 어떤 법적 판단이 내려질

---

254. 'UN기후변화골격협약' 혹은 '기후변화협약'(UNFCCC 혹은 United Nations Framework Convention on Climate Change)은 지구온난화와 같은 기후변화를 막기 위해 1992년 브라질 리우에서 UN이 개최했던 지구정상회담(Earth Summit)에서 채택된 국제조약이다.

255. 환경보호를 목적으로 부과되는 세금을 통칭하여 환경세(Eco-Taxes 혹은 Green Taxes)라고 한다. 환경세 중 온실가스의 배출을 규제하기 위해 부과되는 것을 '온실가스세'(GHGs Taxes) 그리고 특히 탄소의 배출을 규제하기 위해 부과되는 것을 탄소세(Carbon Taxes)라고 한다.

256. 상품 자체가 일으키는 환경 오염의 문제는 이미 법적으로 규제할 수 있다. 다만, 상품이 아닌 그 상품의 생산제조공정(PPMs 혹은 Processes and Production Methods)이 환경오염을 일으킨다고 해서 과연 그 상품에 무역규제를 부과할 수 있는가와 관련해서는 2006년 당시 새로운 법적 논의가 필요한 상황이었다.

[예시-35. 논문의 목차_1]

지(즉, '사례분석') 등에 대해 순차적으로 분석함으로써, 논문의 주
제를 논증한다. 물론 4가지 소주제는 서로 간의 균형성 평가를 통
과해야 한다. [예시-35]와 같이, 4가지 소주제는 각각 본론에 해당
하는 제2장에서 제5장의 주제가 된다.

    셋째, 논증성 평가를 통과하는 근거 즉, 소제목 및 그 내용을
결정한다. [예시-34]에서는 제4장의 제목인 'Eco-Taxes in the
WTO'라는 소주제를 뒷받침하기 위해 논증성 평가를 통과하는 4
가지 근거를 소제목(예컨대, 4.2.)으로 결정했다. 그리고 [예시-36]

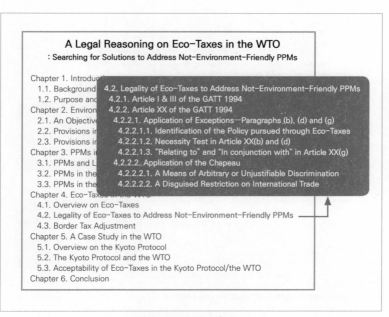

[예시-36. 논문의 목차_2]

과 같이, 각각의 소제목 또한 그것을 뒷받침하기 위해 논증성 평가
를 통과하는 '소소제목'(예컨대, 4.2.1.과 4.2.2.)으로 구체화했다.[257]
경우에 따라서 이 '소소제목'도 논증성 평가를 통과한다는 전제 하
에서 더욱 구체화될 수 있다. 주목할 것은 '4.2.2.2.2.'와 같이 제목
이 붙어 있는 최소 단위가 '2개 이상의 문단으로 구성'이라는 형식
적 특징과 '(문단보다 더 큰) 하나의 생각을 전달'이라는 본질적 특
징을 갖춘 단락이라는 점이다.[258]

---

257. 이러한 경우 '소소제목' 간의 관계는 균형성 평가를 통과해야 한다.
258. 자세한 내용은 "6.3. 단락을 활용한 논리적 글쓰기" 참고.

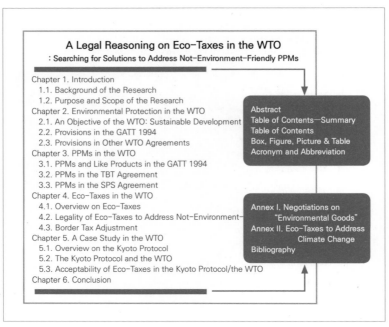

A Legal Reasoning on Eco-Taxes in the WTO
: Searching for Solutions to Address Not-Environment-Friendly PPMs

Chapter 1. Introduction
  1.1. Background of the Research
  1.2. Purpose and Scope of the Research
Chapter 2. Environmental Protection in the WTO
  2.1. An Objective of the WTO: Sustainable Development
  2.2. Provisions in the GATT 1994
  2.3. Provisions in Other WTO Agreements
Chapter 3. PPMs in the WTO
  3.1. PPMs and Like Products in the GATT 1994
  3.2. PPMs in the TBT Agreement
  3.3. PPMs in the SPS Agreement
Chapter 4. Eco-Taxes in the WTO
  4.1. Overview on Eco-Taxes
  4.2. Legality of Eco-Taxes to Address Not-Environment-
  4.3. Border Tax Adjustment
Chapter 5. A Case Study in the WTO
  5.1. Overview on the Kyoto Protocol
  5.2. The Kyoto Protocol and the WTO
  5.3. Acceptability of Eco-Taxes in the Kyoto Protocol/the WTO
Chapter 6. Conclusion

Abstract
Table of Contents—Summary
Table of Contents
Box, Figure, Picture & Table
Acronym and Abbreviation

Annex I. Negotiations on
   "Environmental Goods"
Annex II. Eco-Taxes to Address
   Climate Change
Bibliography

[예시-37. 논문의 목차_3]

요컨대, 논리적 글쓰기에서 익힌 기본 틀과 형식을 응용하여 논문의 주제, 각 장의 주제, 소제목 및 그 내용을 결정함으로써, 논문의 전체적인 논리 구조를 완성할 수 있다. 이후, 서론과 결론을 추가해야 한다. 특히, 논문의 서론에는 연구의 배경, 연구의 목적 및 범위, 연구의 방법 등의 내용이 반드시 포함되어야 한다. 또한 [예시-37]과 같이, 서론에 앞서 초록, 목차요약, 목차, 도표, 줄임말 등에 대한 내용을, 그리고 결론 이후에 부록, 참고 문헌 등의 내용을 추가해야 한다. 한편, 논문의 구체적이고 세세한 형식은 학문 분야, 학교, 학회, 저널 등에 따라서 다소 차이가 있다. 다만, 영어로 논문을 쓸 경우 가장 많이 활용되는 가이드라인은 *MLA Handbook* (2016),[259] *The Bluebook* (2015)[260] 등이다.

---

259. The Modern Language Association of America, *MLA Handbook*, 8th Edition (New York, NY: The Modern Language Association of America, 2016).

260. Columbia Law Review and *et al.*, *The Bluebook: A Uniform System of Citation*, 20th Edition (Los Angeles, CA: Claitor's Law Books and Publishing Division, 2015).

    " 먼저 정확한 이해와 끈질긴 연습을 통해

논리적 글쓰기의 '격'을 충분히 익혀라.

그리고 오직 본질에만 충실하되,

'파격'하여

자유롭게 쓰라. **"**

6.5. 책쓰기

논리적 글쓰기를 응용할 수 있는 또 다른 사례로 책쓰기가 있다. '책'의 사전적 의미는 "일정한 목적, 내용, 체재에 맞추어 사상, 감정, 지식 따위를 글이나 그림으로 표현하여 적거나 인쇄하여 묶어 놓은 것"이다.[261] 영어 'Book'은 "인쇄 혹은 전자적 형식으로 출판되는 (쓰여진) 문서"를 의미한다.[262] 예컨대, 현재 당신이 읽고 있는 『Dr. LEE의 논리적 글쓰기』가 논리적 글쓰기의 기본 틀과 형식을 응용해서 집필된 한 권의 책이다. 지금부터 연관성 평가, 논증성 평가, 균형성 평가를 통해 논지, 소주제, 근거 간의 논리적 흐름을 만드는 논리적 글쓰기의 본질이 책 전체의 주제, 각 장의 주제, 소제목 및 그 내용의 결정에 어떻게 응용되어 한 권의 책이 집필되는

---

261. 국립국어원 표준국어대사전.

262. The term 'Book' refers to "a written text that can be published in printed or electronic form." Cambridge Dictionary.

[도표-48. 개인의 능력이란?]

지 설명해 보겠다.

첫째, 연관성 평가를 통과하는 논지 즉, 책 전체의 주제를 결정한다. '일반 대중에게 유익하며 흥미로운 주제인가?', '이전에 없던 독창적인 주제인가?', 그리고 '출판사의 입장에서 상업성이 있는 주제인가?' 등의 이슈에 대해 연관성 평가를 통과하는 책 전체의 주제를 결정해야 한다. 예컨대, [도표-48]과 같이, 한 개인의 능력은 전문지식, 경험 등 그 사람이 축적한 '콘텐츠'와 그것을 다른 사람들과 공유할 수 있는 '의사소통능력'을 곱한 것으로 평가된다.[263] 이에, '의사소통'의 중요성은 아무리 강조해도 지나치지 않다. 따라서 일반 대중의 눈높이에 맞추어 '의사소통'의 대표적인 방법인 '논리적 글쓰기'를 누구나 쉽게 이해하고 실천할 수 있도록 돕는 이 책의 주제는 연관성 평가를 통과한다.

---

263. 예컨대, 아무리 수준 높은 '콘텐츠'를 100만큼 많이 가지고 있다고 할지라도 그것을 다른 사람들과 공유할 수 있는 '의사소통능력'이 0이라면 그 사람의 능력은 100 X 0 = 0이에 불과하다. 이런 사람을 흔히 '얼간이'(Nerd)라고 부른다. 이에 반해, '콘텐츠'는 별로이거나 혹은 전혀 없는데 너무나도 뛰어난 '의사소통능력'만 가지고 있는 사람을 '사기꾼'이라고 부를 수 있다. 결국, 개인의 능력을 향상시키기 위해 다음 2가지를 해야 한다. 첫째, 학업, 경험, 독서, 대화, 사색 등을 통해 자신의 '콘텐츠' 수준을 최대한 끌어 올려야 한다. 둘째, 최소한 자신의 '콘텐츠'를 까먹지 않을 만큼의 '의사소통능력'을, 좀더 욕심을 부리자면 자신의 '콘텐츠'를 실상보다 좀더 돋보이게 만들 수 있는 높은 수준의 '의사소통능력'을 갖추어야 한다.

[예시-38. 책쓰기의 개요짜기]

  둘째, 논증성 평가와 균형성 평가를 통과하는 소주제 즉, 각 장의 주제를 결정한다. [예시-38]에서는 '누구나 쉽게 이해하고 실천할 수 있는 Dr. LEE의 논리적 글쓰기'라는 논지를 뒷받침할 수 있는 논증성 평가를 통과한 소주제 7가지를 결정했다. 즉, '논리적 글쓰기의 기초', '논리적 글쓰기의 5단계', '논리적 글쓰기의 형식', '논리적 글쓰기의 본질', '더 좋은 평가를 위한 5가지 질문', '논리적 글쓰기의 응용', '논증 훈련의 5단계'에 대해 순차적으로 설명함으로써, 이 책의 주제를 논증하는 것이다. 물론 7가지 소주제 간의 관계는 균형성 평가를 통과해야 한다. 결국 책 전체의 주제를 뒷받침하는 7가지 소주제는 [예시-39]와 같이 본론에 해당하는 제1장에서 제7장의 주제가 된다.

  셋째, 논증성 평가를 통과하는 근거 즉, 소제목 및 그 내용을

누구나 쉽게 이해하고 실천할 수 있는
『Dr. LEE의 논리적 글쓰기』

[예시-39. 책의 목차]

결정한다. [예시-38]에서는 '논리적 글쓰기의 5단계'라는 소주제
를 뒷받침하기 위해 논증성 평가를 통과하는 5가지 근거로 '이해하
기', '브레인스토밍하기', '개요짜기', '글쓰기', '검토하기'를 준비

했다. 이 경우 5가지 근거 간의 관계도 균형성 평가를 통과해야 한다. [예시-39]와 같이, 5가지 근거는 각각 '제2장 논리적 글쓰기의 5단계'를 구성하는 2.1에서 2.5의 소제목이 되었다. 각 소제목(예컨대, "2.1. 이해하기")은 총 5개의 문단으로 구성된 온전한 한 편의 '글'이다. 동시에 각 소제목은 '2개 이상의 문단으로 구성'이라는 형식적 특징과 '(문단보다 더 큰) 하나의 생각을 전달'이라는 본질적 특징을 갖춘 단락이기도 하다.

요컨대, 논리적 글쓰기에서 익힌 기본 틀과 형식을 응용하여 책 전체의 주제, 각 장의 주제, 소제목 및 그 내용을 결정함으로써, 책 한 권의 논리 구조를 완성할 수 있다. 이후, 서론과 결론을 추가해야 한다. 이 책에서는 "들어가며"와 "뒷담화, 언어, 그리고 사회적 협력"이라는 2개의 글로 서론을 갈음했다. 또한 결론을 대신하여 "논증과 논리적 오류" 및 "맺으며"라는 2개의 글을 마지막에 배치했다. 이에 더해, 주요 용어, 도표·예시·지문, 참고 문헌 등의 내용을 책의 제일 마지막 부분에 추가했다. 200-300 페이지에 달하는 책을 한 숨에 쓰는 것은 결코 쉽지 않다. 그러나 논리적 글쓰기의 기본 틀과 형식을 응용할 수만 있다면, 책 한 권을 쓰는 작업도 결코 어려운 일은 아니다.

논증 훈련의
5단계

7.1. 개념정의

    논리적 글쓰기의 본질은 '논리'이고 그 형식은 '글쓰기'이다. 따라서 논리적 글쓰기를 잘하려면 본질적으로 '논리적으로 증명하는 능력'을 향상시키는 [도표-49]에 제시된 '논증 훈련의 5단계'를 꾸준하게 연습해야 한다. 논증 훈련의 첫 번째 단계는 개념정의를 하는 것이다. '개념정의'의 사전적 의미는 "어떤 사물이나 현상에 대한 일반적 지식인 개념의 뜻을 명백하게 밝혀 규정하는 것"이다.[264] 영어 'Definition'은 "단어 혹은 구의 의미를 설명하는 진술"을 일컫는다.[265] 한편, 논증 훈련의 1단계 개념정의는 다음과 같이 사전적 의미를 참고하고, 반대개념을 제시하며, 예시를 통해 구체화함으로써, 주요 개념을 전달하는 용어의 의미를 명확하고 구체적

---

264. 국립국어원 표준국어대사전.

265. The term 'Definition' refers to "a statement that explains the meaning of a word or phrase." Cambridge Dictionary.

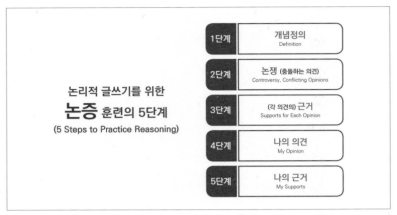

[도표-49. 논증 훈련의 5단계]

으로 설명하는 것이다.

첫째, 사전적 의미를 참고하라. 개인적으로는 무료 온라인 사전인 국립국어원 표준국어대사전과 Cambridge Dictionary의 사용을 권고한다. 필요한 경우 Wikipedia와 같은 온라인 백과사전을 참고하는 것도 도움이 된다. 다만, 그저 참고한다는 것이지 특정 사전의 설명을 맹목적으로 수용해서는 안 된다. 예컨대, 한국어 '세계화'의 뜻은 "세계 여러 나라를 이해하고 받아들이거나 그렇게 되게 함"이며,[266] 영어 'Globalization'은 "특히 서로 다른 여러 국가에서 상품을 생산하고 무역하는 큰 기업들에 의해, 전세계 무역이 증가하는 것"을 의미한다.[267] 여러 참고 자료들을 종합하여 좀더 정확하

---

266. 국립국어원 표준국어대사전.

267. The term 'Globalization' refers to "the increase of trade around the world, especially by large companies producing and trading goods in different countries." Cambridge Dictionary.

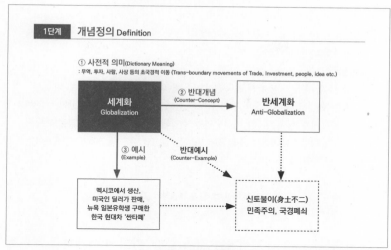

1단계 개념정의 Definition

① 사전적 의미(Dictionary Meaning)
: 무역, 투자, 사람, 사상 등의 초국경적 이동 (Trans-boundary movements of Trade, Investment, people, idea etc.)

세계화
Globalization

② 반대개념
(Counter-Concept)

반세계화
Anti-Globalization

③ 예시
(Example)

반대예시
(Counter-Example)

멕시코에서 생산,
미국인 딜러가 판매,
뉴욕 일본유학생 구매한
한국 현대차 '싼타페'

신토불이(身土不二)
민족주의, 국경폐쇄

[예시-40. 1단계 개념정의_1]

게 설명하자면, 세계화란 '무역, 투자, 사람, 사상 등의 초국경적 이 동'이라는 현상을 지칭한다.[268]

둘째, 반대개념을 제시하라. 어떤 개념을 설명할 때 상대방이 보다 직관적으로 이해할 수 있도록 돕는 방법 중 하나가 반대개념 을 제시하는 것이다. 예컨대, '흰색'을 설명하려고 할 때, 그냥 '검 은색의 반대 색깔'이라고 말하면 아주 쉽게 그 의미가 전달된다. 단 어맞추기 퀴즈를 할 때 '여자'를 "남자의 반대는?", '북한'을 "남한 의 반대는?", '선진국'을 "개도국의 반대는?", '여름방학'을 "겨울방

---

268. '무역'이란 상품과 서비스의 (국가 간) 이동을 그리고 '투자'는 돈의 이동을 의미한다. 이에 '세계화'를 '상품, 서비스, 돈, 사람, 사상 등의 초국경적 이동'(Trans-boundary movements of products, services, money, people, idea etc.)이라고 설명할 수도 있다. 한편, '초국경적 이동'이라는 말대신 정부의 규제를 벗어나 시장에 맡긴다는 의미로 '자유화'(Liberalization)라고 표현할 수도 있다.

(신토불이, 민족주의, 국경폐쇄 등과 같은)
'반세계화'의 반대개념인
'세계화'는
'무역, 투자, 사람, 사상 등의 초국경적 이동'을 의미합니다.
예컨대, '멕시코 누에보레온 주에 위치한 현대자동차 공장에서 생산된 산타페라는 자동차를 현대자동차 미국법인이 수입했고, 이것을 뉴욕에 있는 미국인 딜러 A가 컬럼비아대학교 로스쿨에 다니는 일본인 유학생 B에게 판매했다는 것'이 바로 세계화입니다.

[예시-41. 1단계 개념정의_2]

학의 반대는?"이라고 설명하는 것과 같다. 따라서 세계화를 개념정의할 때 '반세계화'라는 반대개념을 제시해 보는 것이다. 다만, 반대개념의 제시는 이 책에서 설명하는 3가지 개념정의 방법 중 하나에 불과하다. 오로지 반대개념에만 집중하면 소위 '이분법의 오류'[269]에 빠질 수 있다는 것에 유의해야 한다.

셋째, 예시를 통해 구체화하라. 예컨대, 멕시코 누에보레온 주에 위치한 현대자동차 공장에서 생산된 산타페라는 자동차를 현대자동차 미국법인이 수입했고, 이것을 뉴욕에 있는 미국인 딜러 A가 컬럼비아대학교 로스쿨에 다니는 일본인 유학생 B에게 판매했다

---

269. '이분법의 오류'(False Dichotomy)는 대표적인 논리적 오류의 한 유형이다. 예컨대, Microsoft의 창업자 Bill Gates가 2018년 미국 대학 졸업생 전체에게 공짜로 선물해 준 것으로 언론의 주목을 받았던 『팩트풀니스』라는 책에서, 한스 로슬링은 '선진국'과 '개도국'이라는 이분법적 구분이 소위 인간의 '간극본능'(Gap Instinct)에 의해 형성된 잘못된 인식이라는 것을 통계적으로 증명했다. Hans Rosling and *et al.*, *Factfulness: Ten Reasons We're Wrong About the World—and Why Things Are Better Than You Think* (New York, NY: Flatiron Books, 2018), pp. 19-46. 논리적 오류와 관련한 자세한 내용은 "논증과 논리적 오류" 참고.

고 가정해 보자. 만약 미국인 딜러 A가 5년 전 우간다에서 이민을 와서 작년에 미국 국적을 취득했으면 어떨까? 만약 일본인 유학생 B가 지불한 돈이 중국 기업 화웨이가 기부한 장학금이거나 혹은 이탈리아계 미국인이 운영하는 피자가게에서 방학 동안 서빙을 해서 받은 팁이면 어떨까? 이것이 세계화의 구체적 예시이다. 다만, 주의해야 할 점은 반드시 독자·청자의 입장에서 이해하기 쉬운 예시를 제시해야 한다는 것이다.[270]

요컨대, 논증 훈련의 1단계 개념정의는 사전적 의미를 참고하고, 반대개념을 제시하며, 예시를 통해 구체화함으로써, 주요 개념을 전달하는 용어의 의미를 명확하고 구체적으로 설명하는 것이다. "Globalization이 무엇입니까?"라는 질문을 논리와 논증이 무엇인지 잘 모르는 사람들에게 던지면, 흔히 자신만만한 표정을 지으며 당당하게 "세계화!"라고 대답하는 경우가 적지 않다. "그럼 세계화는 무엇입니까?"라고 추가적으로 질문하면, 상당수가 "음 ……

---

270. 필자가 가장 좋아하는 책 중 하나가 마키아벨리의 『군주론』(1532)이다. 적지 않은 독자들이 이 책을 어려워하는 이유는 '16세기 이탈리아에 살던 독자들'을 위해 마키아벨리가 쓴 예시가 '21세기 대한민국에 살고 있는 우리'에게 쉽게 이해되지 않기 때문이다. 예컨대, 가장 유명한 제17장의 주제는 '군주는 사랑 받기보다 두려움 받는 것이 좋다.' 즉, '군주 혹은 지도자의 자질로 자비로움보다 잔인함이 더 좋다.'라는 것이다. 마키아벨리는 이것을 논증하기 위해 '잔임함'이라는 자질 때문에 성공한 지도자의 예시로 'Cesare Borgia'를 그리고 '자비로움'이라는 자질 때문에 실패한 지도자의 예시로 'Florentine People'을 각각 제시한다. 이 두 예시는 '16세기 이탈리아 독자들'에게는 너무나도 쉽게 이해되는 것이지만, '21세기 대한민국의 독자들'에게는 전혀 이해되지 않는 것이다. 즉, 약 500년이라는 시간적 간극과 약 9,000km라는 공간적 간극으로 인해, 적지 않은 한국의 독자들이 이 책을 어렵다고 오해하는 것이다. 만약 '예시'보다 그 예시를 통해 전달하고자 하는 '메시지' 혹은 '개념'에 집중해서 『군주론』을 다시 읽어 본다면, 마키아벨리의 감동적인 목소리가 분명하게 들릴 것이다. See Niccolo Machiavelli, "CHAPTER XVII Concerning Cruelty And Clemency, And Whether It Is Better To Be Loved Than Feared", *The Prince*, originally published in Italian in 1532 & translated into English by W. K. Marriott, 1st Edition (Scotts Valley, CA: CreateSpace Independent Publishing Platform, 2017).

Globalization?"이라며 말꼬리를 흐리곤 한다. 이러한 대답은 아무런 의미가 없다. 논증 훈련을 위한 개념정의는 [예시-41]과 같다. 개념정의를 올바르게 하는 것은 논리적 글쓰기는 물론 모든 학문의 가장 중요한 기초임을 명심해야 한다.

7.2. 논쟁 (충돌하는 의견)

논증 훈련의 두 번째 단계는 논쟁을 찾아내고 설명하는 것이다. 논리적 글쓰기는 논쟁의 대상인 이슈에 대한 자신의 논지를 글의 형식으로 전달하는 것이다. 이에 논쟁을 정확하게 확인하는 것은 논리적 글쓰기의 전제가 된다. 논쟁의 사전적 의미는 "서로 다른 의견을 가진 사람들이 각각 자기의 주장을 말이나 글로 논하여 다투는 것"이다.[271] 영어 'Controversy'는 "무엇인가에 대한 서로 다른 생각 혹은 의견의 공공연한 불일치"를 일컫는다.[272] 한편, 논증 훈련의 2단계 논쟁은 다음과 같이 현상적 차원의 논쟁을 설명하고, 가급적 근본적 차원의 논쟁으로 확장하며, 경우에 따라 다른 영역의 논쟁과 연관지어 봄으로써, 주요 개념을 둘러싼 서로 다른 의견

---

271. 국립국어원 표준국어대사전.

272. The term 'Controversy' refers to "a disagreement, often a public one, that involves different ideas or opinions about something." Cambridge Dictionary.

의 충돌을 설명하는 것이다.

첫째, 원칙적으로 현상적 차원의 논쟁을 설명하라. [예시-42]에서는 '세계화'를 둘러싸고 서로 다른 3가지 의견이 충돌하는 논쟁이 벌어진다. 우선, '무역, 투자, 사람, 사상 등의 초국경적 이동'이라는 세계화를 적극적으로 지지하는 '세계화 찬성론'이 있다. 이를 '세계화론' 혹은 '세계주의'라고 표현하기도 한다. 다음으로, 세계화에 대해 매우 부정적인 '세계화 반대론'이 있다. 경우에 따라, 이를 ('세계주의'에 대응하는) '민족주의' 혹은 '국가주의'라고 표현하기도 한다. 한편, 근본적으로 세계화를 지지하지만 그로 인한 문제점을 개선하는 대안을 찾자는 '세계화 대안론'도 있다. 이를 '대안적 세계화론'이라고 표현하기도 한다. 결국, 세계화에 대한 의견의 충돌이 현상적 논쟁의 핵심이다.[273]

둘째, 가급적 현상적 차원의 논쟁을 근본적 차원의 논쟁으로 확장해 보라. 세계화에 대한 현상적 논쟁은 근본적으로 상품과 서비스의 자유로운 이동인 무역에 대한 태도의 차이 때문에 벌어진다. [예시-43]과 같이, 무역에 대한 태도의 차이가 '자유무역', '무역반대', '공정무역'이라는 논쟁을 만들어 내고,[274] 이것이 세계화에

---

273. '세계화'에 대한 전세계적 논쟁을 불러일으켰던 대표적인 책이 토마스 프리드먼의 『렉서스와 올리브나무』이다. 토마스 프리드먼은 'Lexus'라는 당시 최첨단 토요타 자동차의 브랜드 이름 앞에 정관사 'the'를 붙여서 전혀 새로운 것 즉, '세계화' 혹은 '세계주의'의 상징으로, 그리고 요단강가에 심겨져 지난 수천 년간 변치 않는 이스라엘과 팔레스타인 간의 분쟁을 지켜봤던 'Olive Tree'에 정관사 'the'를 붙여 변치 않는 그 무엇 즉, '반세계화' 혹은 '민족주의'의 상징으로 각각 표현했다. See Thomas L. Friedman, *The Lexus and the Olive Tree: Understanding Globalization*, Updated and Expended Edition (New York, NY: Random House, 2000).

274. 이상혁, *supra* note 48, pp. 126-132.

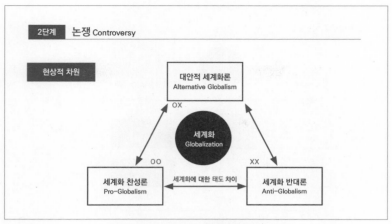

[예시-42. 2단계 논쟁: 현상적 차원의 논쟁]

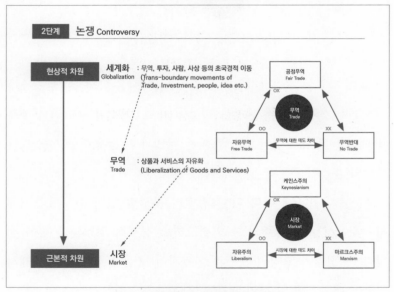

[예시-43. 2단계 논쟁: 근본적 차원의 논쟁]

대한 현상적 논쟁으로 이어진다. 한걸음 더 들어가면, 무역에 대한
논쟁은 보다 근본적으로 자유화 즉, 시장에 대한 태도의 차이 때문

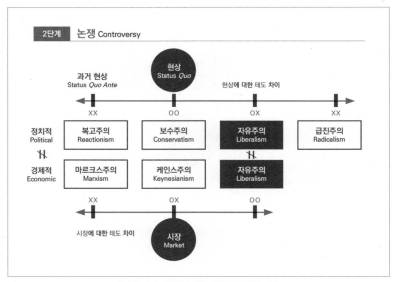

[예시-44. 2단계 논쟁: 다른 영역의 논쟁]

에 벌어진다. 시장에 대한 태도의 차이가 '자유주의', '마르크스주의', '케인스주의'라는 논쟁을 만들어 내고, 이것이 무역과 세계화에 대한 논쟁으로 이어진다.[275] 결국, 무역과 시장에 대한 서로 다른 의견의 충돌이 근본적 논쟁의 핵심이다.

셋째, 경우에 따라 다른 영역의 논쟁과 연관지어 보라. [예시-44]에서는 '자유주의'를 연결고리로 경제적 영역의 논쟁을 전혀 다른 정치적 영역의 논쟁과 연관지어 보았다. 경제적 영역에서 시장에 대한 태도의 차이 때문에 '자유주의', '마르크스주의', '케인스주의' 간에 논쟁이 벌어진다. 한편, 정치적 영역에서는 현재의 주

---

275. 이상혁, *supra* note 48, pp. 30-37 참고.

류 질서 즉, 현상에 대한 태도의 차이를 기준으로, 현상을 지지하고 지키려는 '보수주의',[276] 현상을 긍정하지만 문제점을 개선하려는 '자유주의',[277] 현상을 부정하고 파과하려는 '급진주의',[278] 현상을 부정하고 아예 과거로 되돌아가려는 '복고주의'[279]가 있다.[280] 즉, 경제적 영역의 자유주의 관련 논쟁을 넘어 전혀 다른 정치적 영역의 논쟁과도 연관지어 보는 것이다.

요컨대, 논증 훈련의 2단계 논쟁은 원칙적으로 현상적 차원의 논쟁을 설명하고, 가급적 현상적 차원의 논쟁을 근본적 차원의 논쟁으로 확장해 보며, 경우에 따라 전혀 다른 영역의 논쟁과 연관지어 봄으로써, 주요 개념을 둘러싼 서로 다른 의견의 충돌을 다양한 각도에서 설명하는 것이다. 논리적 글쓰기의 출발점은 이슈 즉, 논쟁의 대상을 정확하게 파악하는 것이다. 논쟁의 핵심을 확인해야만

---

276. 보수주의가 지지하고 지키려는 주류 질서 즉, '현상'(the Status Quo)의 구체적인 내용은 시대와 장소에 따라서 변한다. 예컨대, 프랑스 대혁명 이전 1780년대 프랑스의 보수주의는 당시 프랑스의 현상 즉, 절대군주를 지지하는 '절대주의' 정치철학이었다. 이에 반해, 오늘날 한국 혹은 미국의 보수주의는 현재의 현상 즉, '자유민주주의'를 지지하는 정치철학이다. 이에 시대와 장소에 따라 보수주의가 지지하는 구체적인 내용이 바뀐다는 점을 강조하여 '상황적 보수주의'(Situational Conservatism)라고 표현하기도 한다.

277. '현상으로부터 자유로워진다 혹은 벗어난다.'(Liberation from the status quo)라는 의미에서 '자유주의'(Liberalism)라는 표현을 쓴다. 한편, 자유주의를 '현상으로부터 앞으로 한걸음 한걸음 개선해 나아간다.'(Step by Step forward from the status quo)라는 의미로 '진보주의'(Progressivism)라고 표현하기도 한다. 정치사상 특히 미국의 정치사상을 연구하는 학자들 중에는 (특히, 미국 역사에서) 자유주의와 진보주의의 차이점에 주목하여 이를 철저히 구분하려는 의견도 있다. 다만, 현상에 대한 태도의 차이를 기준으로 보수주의, 급진주의, 복고주의 등과 충돌하는 개념이라는 측면에서는 정치적 의미의 자유주의와 진보주의는 동일하게 보아도 무방하다. 언론 매체에서 흔히 접하는 '보수'와 '진보'라는 말이 대한민국의 주류 질서 즉, 현상에 대한 입장 차이에서 나온 표현이다.

278. 영어 'Radicalism'을 '과격주의'로 번역하기도 한다.

279. 영어 'Reactionism'을 '수구주의' 혹은 '반동주의'로 번역하기도 한다.

280. 이상혁, supra note 48, pp. 75-81.

연관성 평가를 통과하는 논지를 올바르게 결정할 수 있다.[281] 논증 훈련을 위해서는 일상 생활 속에서 싸움과 갈등을 목격할 때마다, 신경을 곤두세우고 그러한 충돌의 핵심이 무엇인지 고민해 보아야 한다. 이렇듯 논쟁을 정확하게 찾아내는 것은 논리적 글쓰기는 물론 논증 훈련의 전제이다.

---

281. 자세한 내용은 "2.1. 이해하기" 및 "4.2. 연관성 평가" 참고.

7.3. (각 의견의) 근거

　　논증 훈련의 세 번째 단계는 충돌하는 각 의견을 뒷받침하는 근거를 설명하는 것이다. 논리적 글쓰기에서 근거란 논지의 이유인 소주제 3가지를 각각 지지하는 논증성 평가를 통과한 객관적 '사실'이다.[282] 이에 반해, 논증 훈련의 3단계 근거는 오직 전체적인 논쟁의 큰 틀을 이해하도록 돕기 위해 충돌하는 각 의견의 대략적인 근거를 간략하게 설명하는 것이다. 물론, 충돌하는 의견 간에 어느 정도 비슷한 수준과 분량의 근거를 '균형 있게'[283] 설명하는 것은 필요하다. 참고로, 앞서 2단계에서 설명했던 '현상적 차원을 근본적 차원으로 확장'해 보는 것이 3단계의 연습에 큰 도움이 된다. 지금부터 세계화 관련 구체적 예시를 통해 논증 훈련의 3단계 근거가

---

282. 자세한 내용은 "1.4. 주관적 '의견'과 객관적 '사실'" 및 "4.3. 논증성 평가" 참고.
283. 논리적 글쓰기에서 요구되는 정도의 높은 수준이 아니기에 '균형성 평가'라는 표현은 의도적으로 사용하지 않았다.

[예시-45. 3단계 근거]

무엇인지 보다 자세하게 설명해 보겠다.

첫째, 세계화 찬성론의 근거는 다음과 같다. 세계화를 찬성하는 사람들은 근본적으로 세계화의 가장 중요한 부분인 무역이 주는 혜택을 그 근거로 제시한다. '비교우위가 있는 상품에 특화하고 서로 무역한다면, 모든 국가가 이익을 얻을 수 있다.'라는 데이비드 리카르도의 비교우위이론[284]이 자유무역의 혜택을 잘 설명해 준다. 보다 근본적으로 정부의 규제를 줄이고 시장에 더 큰 역할을 맡기는 자유화의 혜택을 근거로 제시할 수도 있다. '보이지 않는 손' 즉, '시장에 맡기면 국가의 부를 증대시킬 수 있다.'라고 역설했던 애덤

---

284. See David Ricardo, *Principles of Political Economy and Taxation*, originally published in 1817 (Mineola, NY: Dover, 2004).

스미스의 자유주의 사상이 이것을 잘 설명해 준다.[285] 자유주의 전통을 이어받은 신자유주의의 관점에서 세계화를 지지했던 대표적인 학자가 자그디쉬 바그와티이다.[286]

둘째, 세계화 대안론의 근거는 다음과 같다. 대안적 세계화를 주장하는 사람들은 근본적으로 공정무역의 혜택을 그 근거로 제시한다. '자유무역론은 선진국이 개도국을 더 못살게 만드는 잘못된 주장이기에, 개도국이 자국 산업의 경쟁력을 갖추기까지는 일정 부분 국내 산업에 대한 정부의 보호조치가 필요하다.'라는 프리드리히 리스트의 보호무역론이 이러한 공정무역의 혜택을 잘 설명해 준다.[287] 보다 근본적으로 존 케인스의 케인스주의 사상이 시장실패의 문제점과 정부규제의 혜택을 잘 설명해 준다.[288] 케인스주의 전통을 이어받은 신케인스주의의 관점에서 경제와 더불어 환경, 인권, 개발 등의 비경제적 가치 또한 강조하는 대안적 세계화를 지지했던 대표적인 학자가 조셉 스티글리츠이다.[289]

285. See Adam Smith, *An Inquiry into the Nature and Causes of the Wealth of Nations*, originally published in 1776 (Scotts Valley, CA: CreateSpace Independent Publishing Platform, 2016).

286. See Jagdish Bhagwati, *In Defense of Globalization: With A New Afterward* (New York, NY: Oxford University Press, 2007).

287. See Friedrich List, *The National System of Political Economy*, originally published in German in 1841 and translated into English by Sampson S. Lloyd, MP (Scotts Valley, CA: CreateSpace Independent Publishing Platform, 2017) and Ha-Joon Chang, *Kicking Away the Ladder: Developmental Strategy in Historical Perspective* (London: Anthem Press, 2002).

288. See John Maynard Keynes, *The General Theory of Employment, Interest and Money*, originally published in 1936 (Hawthorne, CA: BN Publishing, 2008).

289. See Joseph E. Stiglitz, *Making Globalization Work* (New York, NY: W. W. Norton & Company, 2006).

셋째, 세계화 반대론의 근거는 다음과 같다. 세계화를 비난하는 사람들은 근본적으로 자유무역에 대한 강한 반감을 가지고 있다. 즉, 자유무역은 선진국이 개도국을 그리고 소수의 자본가가 다수의 가난한 사람들을 착취하는 것이라 생각한다. 이러한 생각은 보다 근본적으로 '시장은 자본가가 노동자를 착취하는 수단이다.'라고 주장하고 폭력 혁명을 통한 시장의 철폐를 역설했던 칼 마르크스의 마르크스주의에서 출발한다.[290] 냉전 이후 오늘날 마르크스주의의 전통을 따르는 사람들의 수는 급격히 줄었다. 비록 더 이상 폭력 혁명을 주장하지는 않지만, 미국의 좌파 경제학자 마이클 앨버트[291]와 프랑스의 좌파 경제학자 토마 피케티[292]는 여전히 신마르크스주의의 관점에서 지금의 세상을 설명한다.

요컨대, 위 세계화 관련 예시를 통해 설명한 것과 같이, 오직 전체적인 논쟁의 큰 틀을 이해하도록 돕기 위해 충돌하는 각 의견의 대략적인 근거를 간략하게 그리고 균형 있게 설명하는 것이 논증 훈련의 3단계 근거이다. 물론 시간적 여유가 된다면 충돌하는 각 의견에 대해 꼼꼼하게 연관성 평가, 논증성 평가, 균형성 평가를

---

290. See Karl Marx and Friedrich Engels, *The Communist Manifesto*, originally published in German in 1848 (London: Penguin Classics, 2002) and Karl Marx, *Capital: A Critique of Political Economy*, originally published in German in 1867 (Vol. I), in 1885 (Vol. II) and in 1894 (Vol. III), and translated into English by Samuel Moore and *et al.* (Digireads.com Publishing, 2017).

291. See Michael H. Albert, *PARECON: Life After Capitalism* (New York, NY: Verso, 2004).

292. See Thomas Piketty, *Capital in the Twenty-First Century*, (Cambridge, MA: Harvard University Press, 2013).

통과하는 논지, 소주제, 근거를 차례대로 준비하는 것이 좋다. 더 나아가 논리적 글쓰기의 5단계에 따라 충돌하는 각 의견에 대해 일일이 온전한 한 편의 글을 다 쓴다면 더할 나위 없이 좋다. 다만, 시간의 제약을 염두에 두고 논증 훈련이라는 본연의 목적에 충실하자면, 3단계는 오직 각 의견의 대략적인 근거를 간략하게 그리고 균형 있게 설명하는 것으로 충분하다.

"논리적 글쓰기의 본질은 '논리'이고 그 형식은 '글쓰기'이다.

논리적 글쓰기를 잘하려면

논리적으로 증명하는 능력을 향상시키는

논증 훈련의 5단계를 꾸준하게 연습해야 한다."

7.4. 나의 의견

  논증 훈련의 네 번째 단계는 나의 의견을 명확하게 설명하는
것이다. 우선, 2단계에서 찾아낸 논쟁의 대상 즉, 이슈에 대한 자신
의 주관적 '의견'인 논지부터 결정해야 한다. 이에 더해, 논지를 뒷
받침하는 3가지 이유 즉, 소주제를 결정한다. 비록 논지에 비해서
는 좀더 객관성이 높지만, 소주제는 여전히 객관적 '사실'에 기반한
근거에 의해 추가적으로 뒷받침되어야 할 주관적 '의견'에 불과하
다.[293] 결국 논증 훈련의 4단계 나의 의견이란 논쟁의 대상에 대한
자신의 '논지'와 '소주제'를 분명하게 제시하는 것이다. 지금부터
세계화 관련 논쟁의 예시를 통해 연관성 평가, 논증성 평가, 균형성
평가를 통과하는 1가지 논지와 3가지 소주제를 각각 어떻게 결정
하고 제시하는지 설명해 보겠다.

---

293. 자세한 내용은 "1.4. 주관적 '의견'과 객관적 '사실'" 참고.

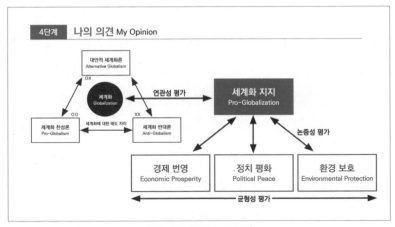

[예시-46. 4단계 나의 의견]

첫째, 연관성 평가를 통과하는 (이슈에 대한) 논지를 제시한다. 즉, (1) 논쟁의 대상인 이슈의 핵심을 정확하게 파악하고, (2) 이슈에 대한 자신의 비판적 의견인 논지를 결정하며, (3) 이슈와 논지 간에 직접적 연관성이 있는지를 검증하는 것이다.[294] 예컨대, 논증 훈련의 1단계 개념정의, 2단계 논쟁, 3단계 근거를 통해 세계화 관련 논쟁의 대상 즉, 이슈의 핵심을 파악했다. 다음으로, [예시-46]과 같이, 세계화 관련 논쟁에 대한 자신의 비판적 의견 즉, '세계화 지지'라는 논지를 결정했다. 끝으로, '세계화 지지'라는 자신의 논지가 '세계화'라는 이슈에 대해 직접적인 연관성이 있는지 검증해 보았다. 이 과정을 통해 결정된 '세계화 지지'라는 논지를 4단계 나의 의견의 결론 및 핵심으로 제시한다.

---

294. 자세한 내용은 "2.1. 이해하기" 및 "4.2. 연관성 평가" 참고.

둘째, 논증성 평가를 통과하는 소주제 3가지를 설명한다. 즉, (1) 주관적 '의견'과 객관적 '사실'에 비판적으로 접근하고, (2) (분야와 경계를 넘어) 다른 것들을 연결하는 독창적 사고를 하며,[295] (3) 논지와 소주제 간의 논증 관계를 검증하는 것이다.[296] 예컨대, '세계화 지지'라는 논지는 주관적 '의견'에 불과하기에 반드시 이를 뒷받침하는 이유가 필요하다. 이에, '번영'이라는 경제적 영역을 넘어, 정치적 영역의 '평화' 그리고 환경적 영역의 '보호'에까지 '세계화 지지'의 다양한 이유를 생각해 보았다. 끝으로, '경제 번영', '정치 평화', '환경 보호'라는 3가지 소주제가 각각 '세계화 지지'라는 논지의 이유가 되는지 검증해 보았다. 이 과정을 통해 결정된 3가지 소주제를 논지의 이유로 설명한다.

셋째, 3가지 소주제 간의 관계가 균형성 평가를 통과하는지 검증한다. 즉, 논증성 평가를 통해 결정된 3가지 소주제 간의 관계가 (1) 내용 측면의 본질적 균형성을 유지하는지, 그리고 (2) 표현 측면의 형식적 균형성을 유지하는지 검증하는 것이다.[297] 만약, [예시-46]의 소주제를 '경제 번영, 무역 흑자, 정치 평화'라고 변경한다면, 무역이라는 영역이 경제라는 영역에 포함되고 흑자는 번영의 한 요소이기에 그 내용의 본질적 균형성이 무너진다. 만약, '경제

---

295. 자세한 내용은 "5.4. 얼마나 독창적인가?" 참고.
296. 자세한 내용은 "2.3. 개요짜기" 및 "4.3. 논증성 평가" 참고.
297. 자세한 내용은 "2.3. 개요짜기" 및 "4.4. 균형성 평가" 참고.

번영, 정치적 측면 평화 유지, 환경 보호에 유리'라고 소주제를 표현한다면, 비록 내용의 균형성은 유지되지만 표현의 균형성이 무너진다. 이에, '경제 번영, 정치 평화, 환경 보호'는 본질적 및 형식적 균형성을 유지하는 것으로 평가된다.

요컨대, 논증 훈련의 4단계 나의 의견은 논지와 소주제를 설명하는 것이다. 좀더 구체적으로, 연관성 평가를 통과하는 (이슈에 대한) 자신의 비판적 의견인 논지를 제시하고, 논증성 평가를 통과하는 소주제 3가지를 논지에 대한 이유로 설명하며, 3가지 소주제 간의 관계가 균형성 평가를 통과하는지 검증하는 것이 4단계 나의 의견이다. 논증의 근본적인 목적은 논쟁에 대한 '나의 의견'을 논리적으로 증명하는 것이다. 또한 논리적 글쓰기의 근본적인 목적은 이슈에 대한 논지 즉, '나의 의견'을 논리에 담아 글의 형식으로 전달해서 다른 사람을 설득하는 것이다. 결국 '나의 의견'을 분명하게 그리고 정확하게 설명할 수 있는 것이 논증 훈련은 물론 논리적 글쓰기의 근본적인 목적이다.

7.5. 나의 근거

논증 훈련의 다섯 번째 단계는 나의 근거를 제시하는 것이다. 앞서 4단계에서는 나의 의견 즉, 이슈에 대한 자신의 비판적 의견인 논지와 논지를 지지하는 이유인 소주제 3가지를 각각 제시했다. 비록 논지에 비해서는 좀더 객관성이 높아졌지만, 소주제 또한 여전히 주관적 '의견'에 불과하다. 이에, 논증 훈련의 5단계 나의 근거란 앞서 제시했던 각각의 소주제에 대해 논증성 평가[298]를 통과하는 객관적 '사실'에 기반한 근거를 제시하는 것이다.[299] 지금부터 앞서 제시했던 '세계화 지지'라는 논지에 대한 3가지 이유 즉, '경제 번영', '정치 평화', '환경 보호'라는 소주제를 각각 뒷받침하는 근거의 구체적 예시를 통해 논증 훈련의 5단계 나의 근거가 무엇인지 보다 자세하게 설명해 보겠다.

---

298. 자세한 내용은 "2.3. 개요짜기" 및 "4.3. 논증성 평가" 참고.

299. 자세한 내용은 "1.4. 주관적 '의견'과 객관적 '사실'" 참고.

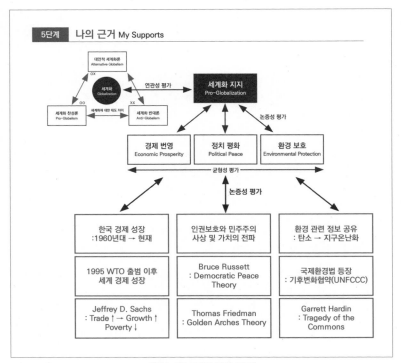

[예시-47. 5단계 나의 근거]

첫째, 경제 번영의 근거는 다음과 같다. 우선, 한국의 급격한 경제성장이 대표적인 근거이다. 세계은행에 따르면 한국이 처음 관세및무역에관한일반협정[300]에 가입했던 1967년에서 2018년까지 한국의 국내총생산GDP은 현재 달러 가치 기준 USD 4.855 Billion

---

300. '관세및무역에관한일반협정'은 'GATT' 즉, 'General Agreement on Tariffs and Trade'를 번역한 표현이다. GATT는 2차 세계대전 직후인 1947년 상품 분야의 자유무역을 목적으로 만들어진 국제조약이다. 이후 GATT는 상품 무역뿐 아니라 서비스 무역(GATS), 그리고 무역 관련 지적재산권(TRIPS) 분야까지 관할 영역을 넓혀 1995년 세계무역기구(WTO)의 설립으로 이어졌다. 이로써 국제통화기금(International Monetary Fund) 및 세계은행(World Bank)과 더불어, 자유무역 질서인 GATT·WTO체제가 세계화를 주도하게 된다.

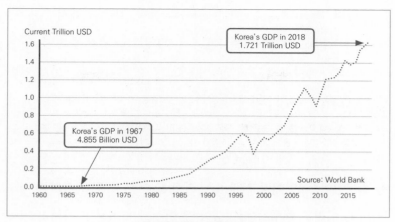

Current Trillion USD

Korea's GDP in 2018
1.721 Trillion USD

Korea's GDP in 1967
4.855 Billion USD

Source: World Bank

[도표-50. 한국 경제의 성장]

에서 USD 1.721 Trillion으로 약 355배 성장했다.[301] 또한, 세계
무역기구가 출범하고 세계화가 본격화된 1995년부터 2018년까
지 세계경제World GDP는 USD 30.865 Trillion에서 USD 86.357
Trillion으로 약 2.8배 성장했다.[302] 한편, 하버드대학교 제프리 삭
스 교수의 연구에 따르면, 1970-1980년대 폐쇄경제를 채택한 개
도국들의 연평균 0.7% 경제성장에 비해, 개방경제를 채택한 개도
국들은 연평균 4.5%의 높은 경제성장을 달성했다.[303]

301. The World Bank, "GDP (Current US $): Korea, Rep.". 동일한 기간 동안 1인당 GDP는 USD 161.12에서
USD 31,363로 약 195배 성장했다. 1967년 당시 세계 최빈국이었던 한국이 2018년 현재 GDP 기준 세계 11위의
경제대국이 되었다. 한편, 2019년의 경우 COVID-19의 직접적인 영향으로 한국의 GDP는 US 1.642 Trillion으로
다소 감소했고, GDP 기준 경제 규모 또한 1단계 추락한 12위를 기록했다.

302. The World Bank, "GDP (Current US $): World". 한편, 2019년의 경우 COVID-19의 직접적인 영향에도
불구하고 GDP 기준 세계경제의 규모는 전년에 비해 소폭 상승하여 USD 87.697 Trillion을 기록했다.

303. See Jeffrey D. Sachs and Andrew M. Warner, "Economic Reform and the Process of Global
Integration", *Brookings Papers on Economic Activity*, No. 1 (1995).

둘째, 정치 평화의 근거는 다음과 같다. 1900년에서 2018년 까지 민주주의 국가의 수는 1개에서 99개로 급격히 증가했고, 전 제주의 국가의 수는 112개에서 80개로 감소했다.[304] 세계화로 인한 인권보호와 민주주의 가치의 전파는 국내적으로 시민에 대한 국가 권력의 폭력을 감소시켰다. 이에 더해, 국외적으로도 민주주의 국 가와 민주주의 국가 간에는 전쟁의 가능성이 없거나 줄어드는 현상 이 벌어졌다. 예일대학교 부르스 러셋 교수는 '민주적 평화론'이라 는 말로 이러한 현상을 설명했다.[305] 민주적 평화론의 이론적 기원 은 임마누엘 칸트이다.[306] 한편, '세계화에 따른 중산층의 전세계적 확산은 전쟁의 가능성을 줄인다.'라는 주장을 대중의 논높이에 맞 춰 비유적으로 표현한 것이 '맥도날드 평화론'이다.[307]

304. Max Roser, "Democracy", *Our World in Data*, https://ourworldindata.org/democracy, accessed June 2021.

305. See Bruce M. Russett, *Grasping the Democratic Peace: Principles for a Post-Cold War World* (Princeton, NJ: Princeton University Press, 1993) and Bruce M. Russett, "Peace among Democracies", *Scientific America*, Vol. 269, No. 5 (November 1993).

306. See Immanuel Kant, *Perpetual Peace: A Philosophical Sketch*, originally published in German in 1795 (Scotts Valley, CA: CreateSpace Independent Publishing Platform, 2016). 칸트는 만약 모든 사람들이 이성적이고 합리적인 의사결정을 한다면 전쟁이라는 비이성적이고 비합리적인 선택을 하지 않을 것이라 믿었다. 이에 이성과 합리성을 전파하는 것이 영원한 평화를 얻을 수 있는 방법이라는 '영구평화'(Perpetual Peace)에 대한 철학적 밑그림을 제시했다. 칸트를 포함한 많은 근대 자유주의 철학자들은 근대 시민사회가 이성과 합리성의 주체라고 생각했다. 이에 근대 시민사회가 이성과 합리성에 근거해 만든 정치적 제도가 '민주주의'(Democracy)이고 경제적 제도가 '자본주의'(Capitalism)이다. 따라서 민주주의가 평화를 만든다는 Bruce M. Russett의 '민주적 평화'(Democratic Peace) 그리고 자본주의가 평화를 만든다는 Erik Gartzke의 '자본가 평화'(Capitalist Peace) 모두 칸트의 자유주의 평화론에 그 뿌리를 두고 있다. See Erik Gartzke, "The Capitalist Peace", *American Journal of Political Science*, Vol. 51, No. 1 (January 2007), pp. 166-191, https://pages.ucsd.edu/~egartzke/publications/gartzke_ajps_07.pdf, accessed June 2021.

307. '맥도날드 평화론' 혹은 '충돌예방 맥도날드 이론'(Golden Arches Theory of Conflict Prevention)이란 "맥도날드 레스토랑을 가지고 있는 2개 국가는 서로 전쟁을 일으킬 가능성이 낮기 때문에, 황금색 아치가 상징인 맥도날드가 평화를 가져다 준다."라는 토마스 프리드먼의 평화이론을 지칭한다. See Thomas L. Friedman, *supra* note 273.

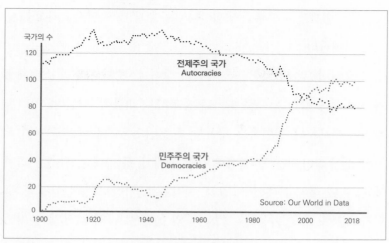

[도표-51. 민주주의 국가의 증가]

셋째, 환경 보호의 근거는 다음과 같다. 우선, 세계화로 인해 지구온난화의 원인이 이산화탄소CO_2 특히, 탄소$Carbon$라는 것과 같은 환경 관련 정보의 전세계적 공유가 이루어졌다. 이에 전세계 시민들 및 국가들 간에 환경 보호를 위한 국제협력이 가능해졌고, 심지어 국제환경법이 등장하기도 했다. 예컨대, 1992년 UN이 브라질 리우에서 개최했던 지구정상회담에서 지구온난화와 같은 기후변화를 막기 위한 기후변화협약$UNFCCC$이 채택되었다.[308] 한편, 자유주의 관점에서는 '공유지의 비극'[309] 즉, 정부의 실패 때문에 환경오염 문제가 발생한다. 따라서 '민영화'와 같은 시장경제의 전세계적

308. 자세한 내용은 "6.4. 논문쓰기" 참고.

309. See Garrett Hardin, "The Tragedy of the Commons", *Science*, Vol. 162, Issue 3859 (December 1968), pp. 1243-1248, https://science.sciencemag.org/content/162/3859/1243, accessed June 2021.

확산 즉, 세계화는 정부의 역할 혹은 '공유지'를 줄임으로써 환경보호에 기여한다.[310]

　　요컨대, 위 세계화 관련 예시와 같이, 논지의 이유인 소주제 3가지에 대해 각각 논증성 평가를 통과하는 객관적 '사실'에 기반한 근거를 상세하게 설명하는 것이 논증 훈련의 5단계 나의 근거이다. 가장 많이 활용되는 근거 제시 방법은 예시, 통계자료, 전문가 의견이다. 이에 더해 사례연구, 일화, 시각자료, 가상사례, 실험결과, 문헌자료 등도 종종 활용된다.[311] 논증의 목적은 '나의 의견'을 논리적으로 증명하는 것이다. 논리적 글쓰기의 목적은 논지 즉, '나의 의견'을 논리에 담아 글의 형식으로 전달해서 다른 사람을 설득하는 것이다. 결국 '나의 의견'을 논증하거나 논리라는 틀에 담으려면 객관적 '사실'에 기반한 근거를 제시해야 한다. 이렇듯 5단계 '나의 근거'는 논증 훈련은 물론 논리적 글쓰기의 핵심이다.

---

310. 이상혁, *supra* note 54, pp. 251–257.

311. 자세한 내용은 "3.4. 본론" 참고.

논증과
논리적 오류

　　제7장을 끝으로 논리적 글쓰기에 대한 모든 설명은 이미 끝났다. 논리적 글쓰기의 구성 요소로 표현하자면, 이 글은 '추가진술'에 해당한다.[312] '더와 덜의 게임'이라는 논리적 글쓰기의 본질에 비추어,[313] '올바른 방향'으로 한걸음이라도 더 나아가기 위해 필요한 향후 학습 방향에 대한 권고가 이 글의 목적이다. 지금껏 설명한 논리적 글쓰기의 본질은 결국 자신의 논지를 논리적으로 증명하는 것이다. 다만, 이러한 논증 과정에서 적지 않은 논리적 오류[314]의 문제가 발생한다. 이에 논리적 오류를 극복한 보다 올바른 '논리적 글쓰

---

312. '추가진술'이란 "결론의 구성 요소 중 하나로서, 앞서 제시한 자신의 주장을 부정하지 않는 범위 내에서 글을 자연스럽게 마무리하도록 도와주는 문장"을 일컫는다. 자세한 내용은 "2.4. 글쓰기" 참고.

313. 자세한 내용은 "4.5. '더와 덜'의 게임" 참고.

314. 한자어 '그릇될' 오(誤)와 '그릇될' 유(謬)의 합성어인 한국어 '오류'의 말뜻은 '그릇되고 그릇되다'이며, 그 사전적 의미는 "그릇되어 이치에 맞지 않은 일" 혹은 "사유의 혼란, 감정적인 동기 때문에 논리적 규칙을 소홀히 함으로써 저지르게 되는 바르지 못한 추리"를 일컫는다. 한편, 영어 'Fallacy'는 "많은 사람들이 참이라고 생각하지만 사실은 거짓인 생각 (an idea that a lot of people think is true but is in fact false)"을 의미한다. 국립국어원 표준국어대사전 및 Cambridge Dictionary.

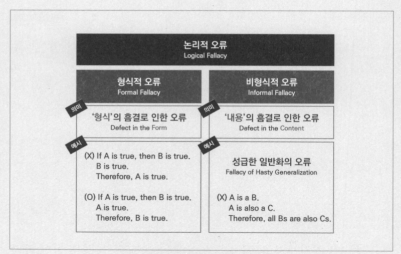

[예시-48. 형식적 오류 vs. 비형식적 오류]

기'를 위해 (1) 형식적 오류와 비형식적 오류의 구분, (2) 비형식적 오류의 주요 유형, (3) 행동주의가 주목한 인지적 편향에 대한 추가적인 학습을 권고하고자 한다.

우선, 형식적 오류와 비형식적 오류의 구분을 학습해야 한다. 형식적 오류란 형식의 흠결로 인한 논리적 오류이다. [예시-48]의 전제-1 "만약 A가 참이면, B는 참이다."와 전제-2 "B는 참이다."를 근거로 "따라서, A는 참이다."라는 결론에 도달한다면 이것은 형식적 오류이다.[315] 이것을 개선하면, 동일한 전제-1과 수정된 전제-2 "A는 참이다."를 근거로 "따라서, B는 참이다."라는 올바른 결론에

315. 논리학에서 말하는 '주장'(Argument)의 기본 형식은 '전제'(Premise)와 '결론'(Conclusion)이다. 2개의 전제로부터 결론에 도달하는 논증을 '삼단논법'(Syllogism)이라고 한다. "삼단논법", 두산백과사전, https://terms.naver.com/entry.nhn?docId=1109131&cid=40942&categoryId=31530, accessed June 2021.

도달한다.[316] 한편, 비형식적 오류란 내용의 흠결로 인한 논리적 오류이다.[317] 예컨대, 전제-1 "A는 B의 한 요소이다."와 전제-2 "A는 또한 C의 한 요소이다."를 근거로 "따라서, B의 모든 요소는 또한 C의 모든 요소이다."라는 결론에 도달한다면 이것은 '성급한 일반화'[318]라는 비형식적 오류이다.

다음으로, 비형식적 오류의 주요 유형을 학습해야 한다. 예컨대, 일상 생활에서 흔히 경험하는 '인신공격의 오류'란 '메시지'가 아니라 '메신저'를 공격함으로써 메시지가 틀렸다고 비난하는 논리적 오류를 말한다. "베이컨의 공리주의 철학은 무의미하다. 왜냐하면 베이컨은 뇌물을 받은 부도덕한 법관이었기 때문이다."라는 진술이 여기에 해당한다. 한편, '인과관계·상관관계 혼동의 오류'란 마치 '까마귀 날자 배 떨어진다.'라는 속담과 같이 그저 우연히 벌어진 '상관관계'에 불과한 것을 원인과 결과의 '인과관계'라고 착각하는 논리적 오류를 말한다. "서울대에 입학하려면 나이키 운동화

---

316. Ruggero J. Aldisert, *Logic for Lawyers: A Guide to Clear Legal Thinking*, 3rd Edition (National Institute for Trial Advocacy, 1997), pp. 145-168.

317. '비형식적 오류'(Informal Fallacy)란 전제가 결론을 뒷받침하는 데 실패한 주장을 지칭한다. 결국 이러한 오류는 '논증' 과정에서의 오류 즉, 전제와 결론의 연결이 그 내용의 흠결로 인해 정확하지 않기 때문에 발생하는 것이다. See "Informal Fallacy", Simple English Wikipedia, https://simple.wikipedia.org/wiki/Informal_fallacy, accessed June 2021. 한편, 비형식적 오류를 '실질적 오류'(Material Fallacy)라고 표현하기도 한다. See Ruggero J. Aldisert, *supra* note 316, p. 169.

318. '성급한 일반화의 오류'(Fallacy of Hasty Generalization)란 부분에 해당하는 정보를 근거로 성급하게 전체의 결론에 도달하는 논리적 오류를 일컫는다. 이러한 맥락에서 '성급한 일반화의 오류'라는 표현 대신 '지나친 일반화의 오류'(Fallacy of Overgeneralization), '대표성 없는 샘플의 오류'(Fallacy of Unrepresentative Sample), '외로운 사실의 오류'(Lonely Fact Fallacy), '성급한 귀납법'(Hasty Induction) 등의 표현을 사용하기도 한다. See "Hasty Generalization", Logically Fallacious, https://www.logicallyfallacious.com/tools/lp/Bo/LogicalFallacies/100/Hasty-Generalization, accessed June 2021.

| 비형식적 오류의 주요 유형 |
| Primary Types of Informal Fallacy |

이분법의 오류 Dichotomy	성급한 일반화의 오류 Hasty Generalization	허수아비 공격의 오류 Straw Man
인신공격의 오류 Ad Hominem	순환논증의 오류 Circular Argument	붉은 청어의 오류 Red Herring
연민에 호소하는 오류 Appeal to Pity	권위에 호소하는 오류 Appeal to Authority	잘못된 비유의 오류 False Analogy
밴드왜건의 오류 Bandwagon	연좌제의 오류 Association	모호성의 오류 Equivocation
미끄러운 경사면의 오류 Slippery Slope	인과/상관관계 혼동의 오류 Causation vs. Correlation	인과관계 단순화의 오류 Causal Oversimplification

[도표-52. 비형식적 오류의 주요 유형]

를 사야 한다. 왜냐하면 서울대 학생의 90%는 나이키 운동화를 구매했기 때문이다."라는 진술이 여기에 해당한다.[319]

이에 더해, 행동주의가 주목한 인지적 편향을 학습해야 한다. 모든 인간은 이성적으로 생각하고 행동할 것이라는 근대 합리주의에 대한 반발로 등장한 행동주의는 실제 인간의 행동에 대한 관찰을 통해 때때로 비이성적으로 생각하고 행동하는 인간의 모습을 찾아내어 그 원인을 '인지적 편향' 혹은 '휴리스틱'이라는 말로 표현

---

319. 비형식적 오류의 구체적 명칭(Nomenclature) 및 분류(Classification) 방법에 대해서는 학자들 간에 입장 차이가 매우 크다. 따라서 특정 명칭에 집착하지 말고 오직 그러한 명칭이 지칭하고자 하는 논리적 오류가 무엇인지에 초점을 맞추어 학습하는 것이 바람직하다. 논리적 오류 전반에 대한 자세한 내용은 Christopher W. Tindale, *Fallacies and Argument Appraisal* (Cambridge, England: Cambridge University Press, 2007) 및 유순근, 『논리와 오류: 비판적 사고와 논증』 (서울: 박영사, 2018) 참고.

인지적 편향의 주요 유형 Primary Types of Cognitive Bias		
기준점 편향 Anchoring	상대성 편향 Relativity	확증 편향 Confirmation
친화도 편향 Affinity	사후설명 편향 Hindsight	대표성 편향 Representativeness
이기적 편향 Self-serving	가용성 편향 Availability	현상유지 편향 Status Quo
손실회피 편향 Loss Aversion	사일로효과 편향 Silo Effect	근시 편향 Myopia
후광 효과 편향 Halo Effect	충격과 공포 편향 Shock and Awe	낙관주의 편향 Optimism

[도표-53. 인지적 편향의 주요 유형]

했다.[320] 예컨대, '확증 편향'이란 이미 자신이 가지고 있는 결론을 지지하는 근거는 선별적으로 수용하고 그것을 부정하는 근거는 거부함으로써 그 결론을 더욱 공고하게 믿는 비이성적 오류이다. 한편, '상대성 편향'이란 동일한 100만원을 10만원과 비교하면 매우 크게 느껴지고 1,000만원과 비교하면 매우 작게 느껴져서 벌어지는 비이성적 오류이다.[321]

---

320. 근대 합리주의에 기반해 만들어진 대표적인 학문 중 하나가 경제학이다. 경제학의 아버지로 평가 받는 Adam Smith는 오로지 자신의 이익을 극대화하는 합리적 의사결정의 주체인 '경제적 인간'(*homo economicus*)을 가정하고 자유주의 혹은 고전주의 경제학을 만들었다. 이에 반해, 2002년 노벨경제학상 수장자인 Daniel Kahneman은 때로는 합리적이지만 때로는 비합리적으로 행동하는 현실 속의 인간은 '경제적 인간'이 아니라 그저 '호모 사피엔스'(*homo sapiens*)에 불과하다고 설명하고, 현실 속 인간을 위한 '행동경제학'(Behavioral Economics)을 주창했다. See Daniel Kahneman, *Thinking, Fast and Slow*, 1st Edition (New York, NY: Farrar, Straus and Giroux, 2011).

321. 행동주의(Behavioralism), 인지적 편향(Cognitive Bias), 휴리스틱 (Heuristic) 등에 대한 자세한 내용은 Richard H. Thaler and Cass R. Sunstein, *supra note 46* 및 Dan Ariely, *Predictably Irrational: The Hidden Forces That Shape Our Decisions*, Revised & Expanded Edition (New York, NY: Harper Perennial, 2010) 참고.

요컨대, 이 책을 통해 논리적 글쓰기의 기본을 이해한 독자들은 향후 형식적 오류와 비형식적 오류의 구분, 비형식적 오류의 주요 유형, 행동주의가 주목한 인지적 편향에 대한 추가적인 학습을 통해 보다 올바른 논리적 글쓰기를 실천할 수 있을 것이다. 즉, 논리적 오류를 줄이고 인지적 편향을 극복하는 것이 좀더 논리적인 글을 쓰는 데 도움이 되는 추가적 밑거름이 될 것이다. 만약 구체적 예시를 들어 형식적 오류, 비형식적 오류, 인지적 편향 등을 자세하게 설명하려면, 각 주제에 대해 여러 권의 책을 쓸 수 있을 정도로 그 내용이 방대해질 수 있다. 아쉽지만, 오직 독자들에게 향후 학습 방향을 권고한다는 목적에 충실하기 위해, 기본 개념만을 간단하게 설명하는 것으로 만족하겠다.

    '논리적 글쓰기'에 관한 책을 쓰기로 마음 먹은 것은 3년 간의 미국 생활을 마치고 귀국한 직후였다. 책 전체의 논리 구조를 마무리할 무렵, 1993년 노벨문학상 수상자였던 미국 소설가 토니 모리슨의 사망 소식을 접했다.[322] 비록 '영문도 모른 채 입학해서 고대로 졸업했다.'라는 말을 여전히 농담 삼아 하지만, 필자는 학부때 영

"만약 정말 읽고 싶은 책을 찾으려는데 그것이 아직 쓰여지지 않았다면 당신은 반드시 그것을 써야 합니다."

If you find a book you really want to read
but it hasn't been written yet,
then you must write it.

Toni Morrison
(1931-2019)

[도표-54. 토니 모리슨 '글쓰기'에 대해]

---

322. Melonyce McAfee, "Toni Morrison, 'Beloved' author and Nobel laureate, dies at 88", *CNN* (August 6, 2019), https://edition.cnn.com/2019/08/06/entertainment/toni-morrison-dead/index.html, accessed June 2021.

문학을 전공한 나름 '문학 청년'이었다. 제임스 조이스의 『율리시스』,[323] 스콧 피츠제럴드의 『위대한 게츠비』,[324] 그리고 토니 모리슨의 『빌러비드』[325]는 필자가 가장 사랑했던 소설이다. 토니 모리슨의 사망 소식은 필자에게 그녀의 소설을 사랑했던 '그때의 나'를 잠시나마 추억할 수 있는 소중한 시간을 제공해 주었다. 늦었지만 그녀의 영면을 다시 한번 진심으로 기원한다.

며칠 전 지인들과 저녁 식사를 함께 했다. 이런저런 이야기로 분위기가 무르익자 한 분이 필자에게 "굳이 그러지 않아도 될 텐데, 왜 힘들게 책을 쓰나요?"라고 질문했다. 아마도 '글 감옥'에 갇혀 지내는 필자의 모습이 무척 안쓰러웠던 모양이다. 필자는 "그냥 쓰고 싶어서요. 재미있잖아요."라고 가볍게 대답했다. 식사 자리가 끝난 후 집으로 돌아와서 한참 동안 그 질문에 대해 곰곰히 생각해 보았다. '내가 이 책을 왜 쓰고 싶었지?', '왜 책을 쓰는 동안 나름 행복했던 걸까?'라는 질문이 머릿속을 맴돌았다. 불현듯, 오랫동안 잊고 지냈던 토니 모리슨의 말이 떠올랐다. "만약 정말 읽고 싶은 책을 찾으려는데 그것이 아직 쓰여지지 않았다면, 당신은 반드시 그것을 써야 합니다."[326]

---

323. James Joyce, *Ulysses* (Paris: Sylvia Beach, 1922).

324. F. Scott Fitzgerald, *The Great Gatsby* (New York, NY: Charles Scribner's Sons, 1925).

325. Tony Morrison, *Beloved* (New York, NY: Alfred A. Knopf, 1987).

326. McKenzie Jean-Philippe, "20 Timeless Toni Morrison Quotes That Will Always Stay With You", *The Oprah Magazine* (August 6, 2019), https://www.oprahmag.com/life/g28621944/toni-morrison-quotes/, accessed June 2021.

그렇다! 이 책을 쓰기 위해 스스로 '글 감옥'에 갇히기로 결정했던 진짜 이유는 '논리적 글쓰기'와 관련하여 필자가 정말 읽고 싶은 책을 찾을 수 없었기 때문이다. 지난 몇 년 동안 한국에는 소위 '글쓰기 열풍'이 불었다. 이러한 열풍에 힘입어 『유시민의 글쓰기 특강』,[327] 『강원국의 글쓰기』[328] 등과 같은 베스트셀러 책이 새롭게 출판되기도 했고, 『움베르토 에코의 논문 잘 쓰는 방법』[329] 등과 같은 스테디셀러 책이 다시 주목 받기도 했다. 필자 또한 큰 기대를 가지고 '글쓰기' 관련 다양한 국내 및 해외 서적들을 읽어 보았다. 그러나 아쉽게도 일반 대중의 눈높이에 맞추어 '논리적 글쓰기'가 무엇이며 어떻게 해야 하는지를 '보다 쉽게' 그러나 '정확하게' 설명하는 책을 도무지 찾을 수 없었다.

　　이에, 『Dr. LEE의 논리적 글쓰기』를 집필했다. 이 책은 영어와 한국어로 다양한 글과 책을 쓴 필자의 '경험'을 토대로 개념화되고 체계화된 '논리적 글쓰기' 방법론이다. 만약 훌륭한 스승들을 만날 행운이 필자에게 없었다면, 이 책의 집필은 애당초 불가능했을 것이다. 필자에게 책을 읽고 글을 쓰는 재미를 가르쳐 주신 고려대학교 영문학과 김우창 교수님과 이건종 교수님. 필자에게 '느낌'의 언어를 배제하고 '사실'과 '의견'을 분별해서 논문을 쓰도록

327.　유시민, 『유시민의 글쓰기 특강』 (생각의 길, 2015).

328.　강원국, 『강원국의 글쓰기: 남과 다른 글은 어떻게 쓰는가』 (메디치미디어, 2018).

329.　Umberto Eco, *How to Write a Thesis*, originally written in Italian in 1977 and translated into English by Caterina Mongiat Farina and Geoff Farina (Cambridge, MA: The MIT Press, 2015).

가르쳐 주신 고려대학교 법학전문대학원 박노형 교수님. 필자의 졸고에 언제나 정성 가득한 조언을 해주셨던 McCombs School of Business, The University of Texas at Austin의 D. Michael Dodd 교수님과 Paula Murray 교수님. 그저 감사할 뿐이다!

"무언가를 창조하는 사람들이란 자발적으로 고통의 세계로 이주 …… 매일매일 백지의 원고와 악보·캔버스가 주는 공포와 맞선다."[330] 다만, 필자의 경우 '혼자만의 행복한 시간'을 보낸 '글 감옥'이었으니, '고통'과 '공포'보다는 '행복'이라는 단어가 좀더 어울리는 집필 기간이었다. 필자에게 이러한 행복을 허락해 준 아내와 딸에게는 고마운 마음뿐이다. 새로운 책의 출간을 가장 기뻐하셨을 …… 9년 전 돌아가신 아버지, 자식 잘 되길 늘 기원하시는 어머니, 기도로 응원해 주시는 장인·장모님께도 감사의 인사를 드린다. 필자의 집필 의도에 공감하고 출판을 맡아주신 도서출판 연암사의 권윤삼 대표님께도 감사함을 전한다. 끝으로, 이 책을 읽는 모든 독자들이 '논리적 글쓰기'의 재미에 흠뻑 빠져들길 소망한다.

연구공간 자유에서 또 다른 '글 감옥'을 준비하며
2021년 6월

이 상 혁

---

330. 최인철, "전성기가 지났을지 모른다는 두려움", 중앙일보 (July 31, 2019), https://news.joins.com/article/23540152, accessed June 2021.

" 이 책의 목적은

누구나 쉽게 이해하고 실천할 수 있는

논리적 글쓰기의 체계적 방법을

일반 대중의 눈높이에 맞추어

보다 쉽게 그러나 정확하게 설명하는 것이다. "

주요 용어

5-문단 에세이 Five-Paragraph Essay
'서론(1문단)-본론(3문단)-결론(1문단)'으로 구성된 논리적 글쓰기의 형식적 출발점으로서, 논리를 이해하고 연습하기에 효과적인 도구.

간결성 Conciseness
좀더 좋은 평가를 받는 논리적인 글의 5가지 특징 중 하나. 주요 개념을 전달하는 용어의 간결성, 장황한 문장을 개선한 문장의 간결성, 그리고 성공적인 개요짜기를 통한 논리 전개의 간결성.

논리적 글쓰기의 5단계 검토하기 Proof-reading
자신의 추상적 '생각'을 문장이라는 구체적 '표현'으로 바꾸었던 4단계 글쓰기의 과정 중 발생한 문법적 오류를 찾아내어 수정하는 작업. 철자의 오류 및 오타 수정.

결론 Conclusion
형식적으로는 (5-문단 형식의 경우) 글의 다섯 번째 문단을 지칭하고, 본질적으로는 소주제요약, 결론진술, 추가진술이라는 3 요소를 통해 글 전체를 다시 한번 한눈에 보여주고 글을 자연스럽게 마무리하는 것.

결론진술 Concluding Statement
결론의 구성 요소 중 하나로서, 논쟁의 대상인 이슈에 대한 자신의 비판적 의견 즉, 논지를 문장으로 구체화한 것.

균형성 평가 Parallelism Test
논리적 글쓰기의 3단계 개요짜기의 3가지 평가 중 하나로서, 논증성 평가를 통과한 3가지 소주제가 본질적으로 그리고 형식적으로 서로 간에 대등하고 균형적인지 여부를 검증하고, 근거 제시 방법의 균형성 또한 추가적으로 고려하는 것.

근거 Support
객관적 '사실'에 기반하며, 논증성 평가를 통과한 후 주관적 '의견'인 소주제를 뒷받침하는 것. 예시, 통계자료, 전문가 의견, 사례연구, 일화, 시각자료, 가상사례, 실험결과, 문헌자료 등 다양한 근거 제시 방법이 있음.

논증 훈련의 3단계 (각 의견의) 근거 Support for Each Opinion
오직 전체적인 논쟁의 큰 틀을 이해하도록 돕기 위해 충돌하는 각 의견의 대략적인 근거를 간략하게 그리고 균형 있게 설명하는 것.

근거문장 Supporting Sentence
본론 각 문단의 구성 요소 중 하나로서, 근거를 문장으로 구체화한 것.

논리적 글쓰기의 4단계 글쓰기 Writing

1단계 이해하기, 2단계 브레인스토밍하기, 그리고 3단계 개요짜기를 통해 완성된 (즉, 논리라는 틀에 담긴) 자신의 추상적 '생각'을 문단과 단락이라는 틀에 맞추어 문장이라는 구체적 '표현'으로 바꾸는 과정 즉, '문장쓰기'의 과정. 논지를 논지진술과 결론진술로, 소주제를 소주제문으로, 근거를 근거문장으로 각각 구체화하고, 배경진술을 서론에 추가진술을 결론에 각각 작성.

논증 훈련의 1단계 개념정의 Definition

사전적 의미를 참고하고, 반대개념을 제시하며, 예시를 통해 구체화함으로써, 주요 개념을 전달하는 용어의 의미를 명확하고 구체적으로 설명하는 것.

논리적 글쓰기의 3단계 개요짜기 Out-lining

1단계 이해하기와 2단계 브레인스토밍하기의 결과 만들어진 수많은 자연적인 생각을 연관성 평가, 논증성 평가, 균형성 평가라는 3가지 검증 수단을 활용하여 논리라는 인위적인 틀에 집어넣는 과정.

논증 훈련의 5단계 나의 근거 My Support

4단계 나의 의견에서 제시했던 각각의 소주제에 대해 논증성 평가를 통과하는 객관적 '사실'에 기반한 근거를 제시하는 것.

논증 훈련의 4단계 나의 의견 My Opinion

연관성 평가, 논증성 평가, 균형성 평가를 통과하는 1가지 논지와 3가지 소주제를 분명하게 제시하는 것.

논리 Logic

연관성 평가, 논증성 평가, 균형성 평가를 통해 문단과 단락을 조합하는 규칙. 논리적 분석, 논리적 사고, 논리적 표현이라는 3가지 측면으로 논리능력이 드러남.

논리적 글쓰기 Logical Writing

논쟁의 대상인 '이슈'에 대한 자신의 비판적 의견 즉, '논지'를 '논리'라는 틀에 집어넣어 '글'이라는 형식으로 표현함으로써, 독자로 하여금 자신의 논지에 '동의'하도록 만드는 것.

논리적 글쓰기의 학습과정 Learning Process for Logical Writing

출발점인 '무격'의 단계, 기본 틀과 형식을 배우고 익히는 '격'의 단계, 격에서 벗어나 오직 본질에 더욱 충실하는 '파격'의 단계를 거쳐 완성됨.

논리적 오류 Logical Fallacy

사유의 혼란, 감정적인 동기 때문에 논리적 규칙을 소홀히 함으로써 저지르게 되는 바르지 못한 추리. 많은 사람들이 참이라고 생각하지만 사실은 거짓인 생각. 형식의 흠결로 인한 형식적 오류와 내용의 흠결로 인한 비형식적 오류로 구분됨.

논문 Thesis, Dissertation
서론, 본론, 결론의 세 단계를 갖추고, 어떤 것에 관하여 체계적으로 자기 의견이나 주장을 적은 글. (특히, 학위를 위한) 특정 주제에 대한 (독창적 연구 결과인) 긴 글.

논증 Reasoning
논리적으로 증명하기. 이성 사용하기. 왜냐하면 ……이라는 이유 말하기. 무엇인가에 대해 논리적인 방법으로 생각하는 행동.

논증성 평가 Why Test
논리적 글쓰기의 3단계 개요짜기의 3가지 평가 중 하나로서, 주관적 '의견'과 객관적 '사실'에 대한 비판적 접근을 통해 논지, 소주제, 근거 간에 '왜?'와 '왜냐하면'이라는 논증 관계가 성립하는지 검증하는 것.

논지 Thesis
논쟁의 대상 즉, 이슈에 대한 자신의 비판적 의견으로서 글 전체가 전달하고자 하는 하나의 생각. 반드시 소주제와 근거에 의해 뒷받침되어야 함. 논지는 서론의 논지진술과 결론의 결론진술에서는 문장의 형식으로, 제목에서는 명사구의 형식으로 각각 구체화됨.

논지진술 Thesis Statement
서론의 구성 요소 중 하나로서, 논쟁의 대상인 이슈에 대한 자신의 비판적 의견 즉, 논지를 문장으로 구체화한 것.

논쟁 Controversy
어떤 주제 혹은 대상에 대해 서로 다른 의견이 '충돌'하는 것.

논증 훈련의 2단계 논쟁 (충돌하는 의견) Controversy, Conflicting Opinions
현상적 차원의 논쟁을 설명하고, 가급적 근본적 차원의 논쟁으로 확장하며, 경우에 따라 다른 영역의 논쟁과 연관지어 봄으로써, 주요 개념을 둘러싼 서로 다른 의견의 충돌을 다양한 각도에서 설명하는 것.

단락 Passage
2개 이상의 문단을 논리 규칙에 따라 조합하여, (문단보다 더 큰) 하나의 생각을 전달하는 것.

독창성 Originality
좀더 좋은 평가를 받는 논리적인 글의 5가지 특징 중 하나. '논리'와 '논리적 흐름'이라는 맥락에서 즉, 연관성 평가, 논증성 평가, 균형성 평가를 통과하는 범위 내에서 현상에 도전하고, 다른 것들을 연결하며, 많은 아이디어를 생산함으로써 독창적인 논지, 소주제, 근거를 제시하는 것.

면접 Interview
본질적으로 '논리적 말하기'이며 자신의 '논지'를 '논리'라는 틀에 담아 (독자가 아닌) 청자를 설득하는 것. 상급학교 진학 혹은 회사 취직을 위해 치르는 면접시험.

문단 Paragraph
2개 이상의 문장을 논리 규칙에 따라 조합하여, (문장보다 더 큰) 하나의 생각을 전달하는 것.

본론 Body
형식적으로는 서론 뒤에 그리고 결론 앞에 위치한 (5-문단 형식의 경우) 두 번째, 세 번째, 네 번째 문단을 지칭하고, 본질적으로는 소주제문과 근거문장이라는 2 요소로 구성되어 논지에 대한 이유가 되는 하나의 소주제를 담은 문단 3개를 통칭.

논리적 글쓰기의 2단계 브레인스토밍하기 Brain-storming
신중한 고려 즉, 3단계 개요짜기에 앞서 브레인스토밍하기 도표를 사용하여 소주제 3가지와 충분한 근거를 생각하는 작업. 장차 논리 구조를 형성할 글의 원재료 즉, 다양한 소재를 최대한 많이 만들어 내는 창조적 과정.

비난 Blame
어떤 의견에 (일단 무조건) 반대하는 것. 남의 잘못이나 결점을 책잡아 나쁘게 말하는 것.

비판 Criticize
시시비비를 판단하는 것. 어떤 의견이 왜 옳고 왜 그른지에 대해 생각하는 것.

배경진술 Background Statement
서론의 구성 요소 중 하나로서, 논쟁의 대상인 이슈를 드러내고 독자의 관심을 불러일으키는 문장.

사실 Fact
실제 있는·있었던 일 혹은 객관적 현실에 부합하고 증거에 의해 참으로 증명될 수 있는 어떤 것으로서, 진위 여부를 확인해야 할 대상.

서론 Introduction
형식적으로는 (5-문단 형식의 경우) 글의 첫 번째 문단을 지칭하고, 본질적으로는 배경진술, 소주제소개, 논지진술이라는 3 요소를 통해 글 전체를 한눈에 미리 보여주는 것. 이슈를 제기하고, 그 이슈에 대한 자신의 논지가 무엇인지 밝히며, 자신의 논지가 어떤 소주제를 통해 어느 방향으로 논증될지를 미리 소개하는 것.

설득 Persuasion
논리적 증명을 통해 자신의 생각을 상대방에게 전달해서 상대방의 생각과 행동을 변화시키는 것. 논리적 글쓰기와 같이 '이성'(Logos) 즉, '주장 그 자체에 담긴 논리'로 설득하는 방법 외에도, '감성'(Pathos) 즉, '말을 듣는 사람의 감정 상태에 호소'하거나 '인격'(Ethos) 즉, '말하는 사람의 인격에 대한 신뢰'를 기반으로 설득하는 방법이 있음.

소주제 Topic

논지에 대한 '이유가 되는 주장'으로서 본론의 각 문단이 담고 있는 하나의 생각. 논지와의 관계는 논증성 평가를 통과하고, 다른 소주제와의 관계는 균형성 평가를 통과해야 함. 논증성 평가를 통과하는 근거에 의해 추가적으로 뒷받침되어야 하는 주관적 '의견'.

소주제문 Topic Sentence

본론 각 문단의 구성 요소 중 하나로서, 소주제를 문장으로 구체화한 것.

소주제소개 Blue-print

서론의 구성 요소 중 하나로서, 본론에서 제시될 소주제를 사전에 소개하는 것. 향후 본론에서 논리 전개가 어떻게 진행될 것인지 글의 전체적인 뼈대와 방향성을 미리 보여주는 것.

소주제요약 Summary

결론의 구성 요소 중 하나로서, 본론에서 제시했던 소주제를 추후에 요약하는 것. 지금까지 본론에서 논리 전개가 어떻게 진행되어 왔었는지 다시 한번 한눈으로 보여주는 것.

소크라테스식 문답법 Socratic Method

끝없는 질문으로 자신의 무지함에 스스로 도달하도록 했던 고대 그리스의 철학자 소크라테스의 교수법.

언어 Language

말 또는 글의 방식으로 이루어지는 인간의 의사소통 수단. 생각, 감정 혹은 정보를 다른 사람에게 전달하고 공유하는 수단.

연결어 Connective

말 혹은 글에서 논리적 흐름을 보여주는 지시등의 역할을 하는 것.

연관성 평가 Relevance Test

논리적 글쓰기의 3단계 개요짜기의 3가지 평가 중 하나로서, 자신의 논지가 제시된 이슈에 대해 얼마나 직접적으로 연관되어 있는지 혹은 제시된 지시사항에 대해 얼마나 직접적인 대답이 되는지를 검증하는 것. 논리적 글쓰기의 1단계 이해하기에서 한 차례, 3단계 개요짜기에서 추가로 진행.

영어 Essay Essay

논란이 있는 주제에 대한 자신의 의견을 논리라는 틀에 담아 전달해서 독자로 하여금 자신의 생각에 동의하도록 만드는 영어로 쓴 글. 영어 논리적 글쓰기.

이슈 Issue

논쟁의 대상 혹은 논란이 있는 주제. 논지와의 관계는 연관성 평가를 통과해야 함.

논리적 글쓰기의 1단계 이해하기 Understanding

이슈를 파악하고, 논지를 결정하며, 이슈와 논지 간의 연관성 평가를 진행함으로써 글 전체의 방향성을 정하는 작업.

일관성 Consistency
좀더 좋은 평가를 받는 논리적인 글의 5가지 특징 중 하나. '처음부터 끝까지 변함없이' 논쟁의 대상에 대한 자신의 논지를 논리라는 틀에 '일관성 있게' 집어넣는 것. 주요 용어의 사용, 주관적 '의견'의 제시, 글 전체의 논리 구조에 있어서의 일관성.

엘리베이터 피치 Elevator Pitch
엘리베이터를 함께 타는 30초의 짧은 시간 동안 창업자가 투자자에게 거액의 투자를 설득하는 것. 본질적으로 논리적 말하기.

의견 Opinion
어떤 대상 혹은 현상에 대한 자기 나름의 판단으로서, '왜?'라는 질문을 던지고 '왜냐하면'이라는 대답을 준비해야 할 대상.

정확성 Accuracy
좀더 좋은 평가를 받는 논리적인 글의 5가지 특징 중 하나. 주요 용어의 사용, 객관적 '사실', 그리고 문법·철자·양식과 관련한 정확성.

주관성 Subjectivity
좀더 좋은 평가를 받는 논리적인 글의 5가지 특징 중 하나. 주관성 기준 문장의 4가지 유형을 구별하고, 논지·소주제·근거 간의 논리적 위계질서를 기억하며, 논지·소주제·근거를 전달할 적절한 문장 유형을 선택하는 것.

제목 Title
형식적으로 가운데정렬된 명사구이며, 본질적으로 논지를 드러냄.

추가진술 Additional Statement
결론의 구성 요소 중 하나로서, 앞서 제시한 자신의 주장을 부정하지 않는 범위 내에서 글을 자연스럽게 마무리하도록 도와주는 문장.

파격 Deconstruction of Format
논리적 글쓰기의 학습과정 중 마지막 3단계로서, 논리적 글쓰기의 기본 틀과 형식으로부터 자유로워지고 더욱 본질에 충실해지는 것. 언어능력의 발전단계라는 측면에서, 문단을 넘어 단락을 자유롭게 해체·변형함으로써 멥접, 단락을 활용한 논리적 글쓰기, 논문쓰기, 책쓰기 등에 논리적 글쓰기의 격을 응용하는 것.

페이퍼 Paper
특정 주제에 대해 전문가가 작성해서 책 또는 저널의 형식으로 출판하거나 혹은 학회에서 낭독하는 글.

한국어 '에세이' Miscellany
수필. 일정한 형식을 따르지 않고 인생이나 자연 또는 일상생활에서의 느낌이나 체험을 생각나는 대로 쓴 산문 형식의 글.

도표 목록

예시 목록

지문 목록

· 강원국, 『강원국의 글쓰기: 남과 다른 글은 어떻게 쓰는가』, 메디치미디어, 2018.
· 구약성경 『출애굽기』, 『신명기』.
· 국립국어원 표준국어대사전.
· 김남미, 『100명 중 98명이 틀리는 한글 맞춤법』, 서울: 나무의철학, 2013.
· 네이버 시사상식사전.
· 박태하, 『책 쓰자면 맞춤법』, 서울: xbooks, 2015.
· 산업통상자원부, "한미 FTA 발표 7년차 교역 동향" (March 13, 2019), http://www.fta.go.kr/us/ paper/1/, accessed June 2021.
· 신약성경 『마태복음』, 『마가복음』, 『요한복음』.
· 새뮤얼 헌팅턴, 『문명의 충돌』, 서울: 김영사, 2016.
· 유순근, 『논리와 오류: 비판적 사고와 논증』, 서울: 박영사, 2018.
· 유시민, 『유시민의 글쓰기 특강』, 생각의 길, 2015.
· 이복규, "윤동주의 이른바 '서시'의 제목 문제", 한국문학논총 제61집 (August 2012).
· 이상혁, 『Dr. LEE의 똑똑영어: 똑바로 이해하고 똑바로 실천하는 영어 공부』, 서울: 연암사, 2021.
· 이상혁, 『Dr. LEE의 '영어'로 대학가기』, 서울: KP Publisher, 2010.
· 이상혁, 『Dr. LEE의 용어로 풀어보는 글로벌 이슈 제1권』, 2nd Edition, 서울: KP Publisher, 2014.
· 이상혁, 『Dr. LEE의 용어로 풀어보는 글로벌 이슈 제2권』, 2nd Edition, 서울: KP Publisher, 2014.
· 최인철, "전성기가 지났을지 모른다는 두려움", 중앙일보 (July 31, 2019), https://news.joins. com/article/23540152, accessed June 2021.
· 최재천, 『통섭의 식탁: 최재천 교수가 초대하는 풍성한 지식의 만찬』, 서울: 명진출판사, 2011.
· 하랄트 뮐러, 『문명의 공존: 하랄트 뮐러의 反헌팅턴 구상』, 서울: 푸른숲, 2000.
· Albert, Michael H., *PARECON: Life After Capitalism*, New York, NY: Verso, 2004.
· Alcott-White, Edward, *The Five-Paragraph Essay: Instructions and Exercises for Mastering Essay Writing*, Scholar's Shelf Press, 2018.
· Aldisert, Ruggero J., *Logic for Lawyers: A Guide to Clear Legal Thinking*, 3rd Edition, National Institute for Trial Advocacy, 1997.
· Ariely, Dan, *Predictably Irrational: The Hidden Forces That Shape Our Decisions*, Revised & Expanded Edition, New York, NY: Harper Perennial, 2010.
· Aristotle, *Rhetoric* (350 B.C.E), translated by W. Rhys Roberts, http://classics.mit.edu/ Aristotle/rhetoric.html, accessed June 2021.
· Bhagwati, Jagdish, *In Defense of Globalization: With A New Afterward*, New York, NY: Oxford University Press, 2007.
· Blake, Gary and Bly, Robert W., *The Elements of Technical Writing*, Harlow: Longman Publishing Group, 2000.
· Bono, Edward De, *Lateral Thinking: Creativity Step by Step*, New York, NY: Harper Colophon, 2015.
· Booth, Wayne C. and *et al.*, *The Craft of Research*, 4th Edition (Chicago Guides to Writing, Editing, and Publishing), Chicago, IL: University of Chicago Press, 2016.
· Cambridge Dictionary.
· Campbell, Kimberly Hill and Latimer, Kristi, *Beyond the Five Paragraph Essay*, Portland, ME: Stenhouse Publishers, 2012.
· Camus, Albert, *The Myth of Sisyphus*, Vintage International, 2018.
· Chang, Ha-Joon, *Kicking Away the Ladder:*

Developmental Strategy in Historical Perspective, London: Anthem Press, 2002.

· Columbia Law Review and *et al.*, *The Bluebook: A Uniform System of Citation*, 20th Edition, Los Angeles, CA: Claitor's Law Books and Publishing Division, 2015.

· Csikszentmihalyi, Mihaly, *Flow: The Psychology of Optimal Experience*, New York, NY: Harper & Row, 1990.

· Descartes, Rene, *Principles of Philosophy*, originally published in Latin in 1644 & translated into English by John Veitch, SMK Books, 2018.

· Dunbar, Robin, *Grooming, Gossip and the Evolution of Language*, Cambridge, MA: Harvard University Press, 1996.

· Eco, Umberto, *How to Write a Thesis*, originally written in Italian in 1977 and translated into English by Caterina Mongiat Farina and Geoff Farina, Cambridge, MA: The MIT Press, 2015.

· English Oxford Living Dictionaries.

· ETS, "2017 Report on Test Takers Worldwide" (2018), https://www.ets.org/s/toeic/pdf/2017-report-on-test-takers-worldwide.pdf, accessed June 2021.

· Fitzgerald, F. Scott, *The Great Gatsby*, New York, NY: Charles Scribner's Sons, 1925.

· Freytag, Gustav, *Freytag's Technique of Drama: An Exposition of Dramatic Composition and Art*, London: Forgotten Books, 2012.

· Friedman, Milton, "The Social Responsibility of Business Is to Increase Its Profits", *The New York Times* (September 13, 1970), http://umich.edu/~thecore/doc/Friedman.pdf, accessed June 2021.

· Friedman, Thomas L., *The Lexus and the Olive Tree: Understanding Globalization*, Updated and Expended Edition, New York, NY: Random House, 2000.

· Fry, Dennis, *Homo Loquens: Man as a Talking Animal*, 1st Edition, Cambridge, England: Cambridge University Press, 1977.

· Gartzke, Erik, "The Capitalist Peace", *American Journal of Political Science*, Vol. 51, No. 1 (January 2007), https://pages.ucsd.edu/~egartzke/publications/gartzke_ajps_07.pdf, accessed June 2021.

· Grant, Adam, *Originals: How Non-Conformists Move the World*, London: Penguin Books, 2016.

· Harari, Yuval Noah, *Sapiens: A Brief History of Humankind*, New York, NY: Harper Collins, 2015.

· Harari, Yuval Noah, "Why Humans Run the World", TED (Nov. 9, 2017), https://www.youtube.com/watch?v=LLucUmQVBAE, accessed June 2021.

· Hardin, Garrett, "The Tragedy of the Commons", *Science*, Vol. 162, Issue 3859 (December 1968), https://science.sciencemag.org/content/162/3859/1243, accessed June 2021.

· Harvard University, "International Applicants", https://college.harvard.edu/admissions/application-process/international-applicants, accessed June 2021.

· "Henry Poincare", Wikiquote, https://en.wikiquote.org/wiki/Henri_Poincar%C3%A9, accessed June 2021.

· Huntington, Samuel P., "The Clash of Civilizations?", *Foreign Affairs* (Summer 1993).

· Huntington, Samuel P., *The Clash of Civilizations: The Remaking of World Order*, New York, NY: Simon & Schuster, 1996.

· Jean-Philippe, McKenzie, "20 Timeless Toni Morrison Quotes That Will Always Stay With You", *The Oprah Magazine* (August 6, 2019), https://www.oprahmag.com/life/g28621944/toni-morrison-quotes/, accessed June 2021.

· Joyce, James, *Ulysses*, Paris: Sylvia Beach, 1922.

· Kahneman, Daniel, *Thinking, Fast and Slow*, 1st Edition, New York, NY: Farrar, Straus and Giroux, 2011.

· Kant, Immanuel, *Perpetual Peace: A Philosophical Sketch*, originally published in German in 1795, Scotts Valley, CA: CreateSpace Independent Publishing Platform, 2016.

· Kaplan, Robert B., "Cultural Thought Patterns in Inter-cultural Education", *Language Learning*, Vol. 16 (1-2) (1966).

· Keynes, John Maynard, *The General Theory of Employment, Interest and Money*, originally published in 1936, Hawthorne, CA: BN Publishing, 2008.

· "King Midas: The Donkey Ears", *Greek Myths*, http://greece.mrdonn.org/greekgods/kingmidas2.html, accessed June 2021.

· Konnikova, Maria, "The Limits of Friendship", *The New Yorker* (October 7, 2014), https://www.newyorker.com/science/maria-konnikova/social-media-affect-math-dunbar-number-friendships, accessed June 2021.

· LEE, Sanghyuck, "A Legal Reasoning on Eco-Taxes in the WTO: Searching for Solutions to Address Not-Environment-Friendly PPMs", Ph.D. diss., Korea University, 2006.

· List, Friedrich, *The National System of Political Economy*, originally published in German in 1841 and translated into English by Sampson S. Lloyd, MP, Scotts Valley, CA: CreateSpace Independent Publishing Platform, 2017.

· Machiavelli, Niccolo, "CHAPTER XVII Concerning Cruelty And Clemency, And Whether It Is Better To Be Loved Than Feared", *The Prince*, originally published in Italian in 1532 & translated into English by W. K. Marriott, 1st Edition, Scotts Valley, CA: CreateSpace Independent Publishing Platform, 2017.

· Marr, Bernard, "How Much Data Do We Create Every Day? The Mind-Blowing Stats Everyone Should Read", *FORBES* (May 21, 2018), https://www.forbes.com/sites/bernardmarr/2018/05/21/how-much-data-do-we-create-every-day-the-mind-blowing-stats-everyone-should-read/#5b94ab4260ba, accessed June 2021.

· Marx, Karl, *Capital: A Critique of Political Economy*, originally published in German in 1867 (Vol. I), in 1885 (Vol. II) and in 1894 (Vol. III), and translated into English by Samuel Moore and *et al.*, Digireads.com Publishing, 2017.

· Marx, Karl and Engels, Friedrich, *The Communist Manifesto*, originally published in German in 1848, London: Penguin Classics, 2002.

· McAfee, Melonyce, "Toni Morrison, 'Beloved' author and Nobel laureate, dies at 88", *CNN* (August 6, 2019), https://edition.cnn.com/2019/08/06/entertainment/toni-morrison-dead/index.html, accessed June 2021.

Minto, Barbara, *The Pyramid Principle: Logic in Writing and Thinking*, Minto International Inc., 1987.

Morrison, Tony, *Beloved*, New York, NY: Alfred A. Knopf, 1987.

Osborn, Alex Faickney, *Your Creative Power: How to Use Imagination*, Dell Publishing Company, 1948.

Piketty, Thomas, *Capital in the Twenty-First Century*, Cambridge, MA: Harvard University Press, 2013.

Ricardo, David, *Principles of Political Economy and Taxation*, originally published in 1817, Mineola, NY: Dover, 2004.

Roberts, Joanne Friedland, "Creativity and Entrepreneurship: "Connecting the Dots"", *Huffpost* (March 4, 2016), https://www.huffpost.com/entry/creativity-and-entreprene_b_9376316, accessed June 2021.

Roser, Max, "Democracy", *Our World in Data*, https://ourworldindata.org/democracy, accessed June 2021.

Rosling, Hans and *et al.*, *Factfulness: Ten Reasons We're Wrong About the World-and Why Things Are Better Than You Think*, New York, NY: Flatiron Books, 2018.

Russett, Bruce M., *Grasping the Democratic Peace: Principles for a Post-Cold War World*, Princeton, NJ: Princeton University Press, 1993.

Russett, Bruce M., "Peace among Democracies", *Scientific America*, Vol. 269, No. 5 (November 1993).

Sachs, Jeffrey D. and Warner, Andrew M., "Economic Reform and the Process of Global Integration", *Brookings Papers on Economic Activity*, No. 1 (1995), https://inequality.stanford.edu/sites/default/files/media/_media/pdf/Classic_Media/Sachs%20and%20Warner_1995_Development%20Economics.pdf, accessed June 2021.

Said, Edward W., "The Clash of Ignorance", *The Nation* (Oct. 4, 2001).

Senor, Dan & Singer, Saul, *Start-up Nation: The Story of Israel's Economic Miracle*, New York, NY: Twelve Books, 2011.

Shahar, Yael, "The Ten Commandments", *Haaretz* (Nov. 2, 2015), https://www.haaretz.com/jewish/the-ten-commandments-1.5416257, accessed on June 2021.

Smith, Adam, *An Inquiry into the Nature and Causes of the Wealth of Nations*, originally published in 1776, Scotts Valley, CA: CreateSpace Independent Publishing Platform, 2016.

Stiglitz, Joseph E., *Making Globalization Work*, New York, NY: W. W. Norton & Company, 2006.

Strunk Jr., William and White, E. B., *The Elements of Style*, 4th Edition, Harlow: Pearson, 2019.

Thaler, Richard H. and Sunstein, Cass R., *Nudge: Improving Decisions about Health, Wealth, and Happiness*, New Haven, CT: Yale University Press, 2008.

The Modern Language Association of America, *MLA Handbook*, 8th Edition, New York, NY: The Modern Language Association of America, 2016.

The Neurocritic, "What Is Thought?" (June 30, 2017), http://neurocritic.blogspot.com/2017/06/what-is-thought.html, accessed June 2021.

The World Bank, "GDP (Current US $): Korea, Rep.", https://data.worldbank.org/indicator/NY.GDP.MKTP.CD?locations=KR, accessed June 2021.

The World Bank, "GDP (Current US $):

World", https://data.worldbank.org/ indicator/ny.gdp.mktp.cd, accessed June 2021.

· The World Bank, "GDP Per Capita (Current US $): Korea, Rep.", https://data. worldbank.org/indicator/NY.GDP.PCAP. CD?locations=KR, accessed June 2021.

· Tindale, Christopher W., *Fallacies and Argument Appraisal*, Cambridge, England: Cambridge University Press, 2007.

· Wikipedia.

· Wilson, Edward Osborne, *Consilience: The Unity of Knowledge*, New York, NY: Vintage Books, 1999.